畠山丑雄

改元

石原書房

目次

改元

改元の年の四月の異動で、鈍重で巨大なけものの背びれのように連なった山々の、そこからは市の中心部がはるかに見渡せて、市の中心部からはどの山にあるのか未だに良く分からない、ある出張所の市民窓口課に配属された。出張所は市境の旧街道を整備した国道沿いにあり、市の中心部からはバスを三度乗り換え、二時間近くかけて通わねばならない。

引っ越しを考えていると言うと、配属先の所長が空き家を紹介してくれた。二階建て庭付きの一軒家で、国道沿いの集落からは少し外れたところにあり、職場までは徒歩二〇分。水道・電気・ガスも通っており、風呂があり、トイレも水洗である。それで家賃は四万。市の施策で北部山間地域の移住を奨励しており、一万程度の補助金も出る。これにもともとの住宅扶助を合わせれば、月々の家賃は一万程度になる見込みである。四月まで前任の職員が住んでいたこともあり、特に改修の必要もない。梅雨や夏は湿度が高いのが難点だが、エアコンで除湿をすれば何とかなる。むしろ冬は湿度がある分過ごしやすいぐらいである。自治会には入らねばならないが、若手の職員は大体二、三年で転勤になるので、それほど仕事は回ってこないし、深く立ち入らずともやっていける。少なくとも久間《ひさま》さんに挨拶をしておけば問題ない。久間家は元庄屋で代々集落の顔役を務めており、明治の中頃から戦前まで御猟場の監守長の職にあったため、皇族や華族、財政界要人とも交流があり、現在も宮内庁方面の繋がりがあり、市長も就任すれば必ず挨拶に来るという。それ以外は基本的には八月の一斉清掃と、一月と三月の高齢者への弁当配布さえ手伝っておけばいいし、それもほとんどは市内からボランティアに来ている仏教系大学の学生が担当するので、顔を出す程度のものである。

悪い話ではなかった。田舎の一軒家につきものの種々の煩《わずら》わしさや不便さ、という問題も大きな鳥の影のように頭をよぎったが、抽象的な不安にすぎなかった。山暮らしで世間に間に合わなくなっても、それはそれでかまわない。金も貯まるだろう。週末に一度内覧しても、別段問題は見当たらなかった。ただその日は四月の初めだというのにやけに陽射しが強く、室内はこもった温気で畳が柔らんで踏み出す度足指の股が埋まり、壁も手を添えると湿り気を帯びて指の腹に変に馴染んでくるのは気になったが、案内人によれば人が住めばむしろ家にはりがでるという。水道や電気系統に異常はなく、冷房も問題なく稼働した。居間にはダイヤル式の固定電話もあり、停電中でも使用可能であるという。試しに瑛子にかけてみたが、つながりはしなかった。

全体に簡素なつくりの中、欄間《らんま》には蛇のような、あるいはむやみにからだの長い魚のような彫刻が施されていた。鱗の表現がずいぶん見事で、じっと見つめているとかたちが色や艶を帯びていき、今にも身をひるがえしそうな、見る側の方が目撃の直前で彫刻にされてしまった気さえする。決断を迫られている側の傲慢さで沈黙を傍らに置き、自らの内に耽《ふけ》っていると、山の中は一層静かで、ただ遠くを流れる川の音が、疑り深いけものがこちらを窺うように近づいたり遠のいたりする。

けたたましく電話のベルが鳴り響いた。案内人は目だけの微笑みで促し、私は受話器をとった。

「もしもし」

声は受話器の向こうの沈黙に吸い込まれた。

「瑛子?」

応答はなく、沈黙が一層深まった。ふとまつわりつく視線を感じて私は振り返った。いつ入ってきたのか玄関の土間に、赤いベースボールキャップをかぶった初老の男が、歯を食いしばるようにして笑っている。立っているというより、生じている風な、またそのことに自身が少し戸惑い照れている風なその男は、大きな瓜を三つ抱えていた。見るからにずっしりとした瓜で、のっぺりとした面が、抱えられて当然だという主然とした表情を帯びている。私は電話を切った。

木田というその男は久間さんから私が引っ越してくる話を聞き、畑で育てている瓜を土産に持ってきたのだった。

「お近づきのしるしです」

近づくというより踏み込んできたではないか、とは私は言わなかった。引っ越しがまだ決まったわけではないとも言いそびれた。木田さんは沓脱《くつぬぎ》に瓜を並べると、また歯を食いしばるような笑みを性急に浮かべ、戸を小さく開け、いかにも窮屈そうにその隙間に肩をねじ入れて出て行った。

瓜を一つ抱え、自身の内にうずくまりこんだその重さに、重心を奪われかけているのを素早く見て取ったのだろう、案内人はもし今月から住むのであれば、瓜は置いたままにしてくれて構わないと言った。「麓まで持って帰るのも大変でしょう」

家から集落へ出るまでの帰り道、脇の草むらに見事な蛇の抜け殻が落ちていた。自分自身にまで出し抜かれちゃあ、世話はないですね、と私は前を行く案内人が抜け殻を見過ごしていたことを承知で呟いた。

「見事な瓜でしょう」案内人は背を丸め、そっと小石を置くように呟いた。「あれじゃかえって中を割ってみるのがおっくうになりますね」

「人事に出し抜かれましたね」山奥の出張所への異動が決まったと話すと、ある同僚が言った。しかしこの言われようには違和感があった。元来惰性で流れに運ばれてきただけの私は、異動に関して、競う気持ちも願う気持ちもなかったからである。また、異動については前々から課長に聞かされていたためでもある。

「若くて独身だとこういうことがあるからなあ」

課長によれば、今回の異動は人事課に一七年腰を据えている領袖直々の意向だという。

「だけどもっと上から降ってきたという話もあるみたいなんだ」

異動について、役所に人事課の上があることは知らなかった。

「局長ですか？　それとも副市長とか？」

「いや、どうもそんな話じゃないんだ」課長はどこまで話すかを切り詰めて考えている風だった。今回の通知も予め命じられていたことなのだろう。「君、なにかこころあたりはある？」

「僕がききたいくらいですよ」と私は笑った。しかし課長は笑わなかった。それで問答は止んだ。

引継ぎの忙しさにはずいぶんこたえた。役人の仕事の価値は引継ぎで決まるとは、当時私が所属していた生活福祉課のベテランケースワーカーが口を酸っぱくして言っていたことである。それって國體護持みたいですねと言ったこともあるが、理解はされず、ただ源まで遡ることの不穏さだけが、話が移ろった後も私の口元に漂った。無論実際の引継ぎ作業は、膨大な台帳と書類と電子ファイルの整理にすぎず、土日も出勤し薄暗くがらんとした執務室で机の引き出しと棚の中をすべて空っぽにし終え、給湯室のＬＥＤライトの放埒な灯りの下で独りコーヒーを飲んだときには、何だか自分の中身までも明け渡したような、せいせいとした寂しさに足裏を頼りなくした。

瑛子に引っ越しの相談をしたのは内覧の一週間前だった。瑛子は私の説明を質問も挟むことなく聞き終えると、私に背を預けスマホの検索画面の出張所を見つめたまま、

「いいんじゃないかな」と私に訊き返すように答えた。「職場からも近いし、一軒家なんでしょ」

一緒に住まないか、ということばが舌の先まで出かかって、最後まではじき出せずにいると、

「それにしたってへんぴなところね」瑛子はスマホのグーグルマップを拡大した。「これ道

路と川が重なってるんだ」

「源流なんだって」

「源流って大原の方じゃないの？」

「そこもそうだけど、ここもそう」

「源流が二つあるの？」瑛子は指先で画面を送って川を下った。「あ、Yの字になってるんだ」

「何年住んでるの」私は笑った。「デルタだって今でも毎日見てるだろ」

「見てるけど、どこから来てるかなんて考えたことないなあ」瑛子はYの字を大原の方に辿り、一度デルタにまで戻してまた出張所まで辿った。「大原の方は小さい頃に行ったことある」

「よかった？」

「鮎が美味しかったし、夜は蛍がすごかった」瑛子はスマホを胸に当て視線をあげた。「あと河原でとても綺麗な石をひろったの」

「どんな石」

「ごつごつしてるんだけど、断面がすべすべでしましまで、陽を当てると虹色に光って、その縞模様が中心から波紋が広がるみたいに動いて見えたの。どうして持って帰るのを忘れちゃったのかな。たぶんこれなんだと思う」瑛子はスマホでイリスアゲートと画像検索した。確かに波紋のような模様で虹色の美しい光沢を帯びている。瑛子は画像の波紋を中心に向かって拡大しながら、思い出したように私を見た。「私も一緒に住んでいい？　家賃含めて生活費は半分払うからさ」

これから瑛子を説得しなければならないと考えていた矢先、彼女が自らそう言ったのに驚いた。内覧の日は仕事があっていけないと瑛子は言った。「でもいいよ。そっちで見てもらって別に問題なければ」

瑛子の口調には投げやりなところも、何かを思い切ったようなところもなかった。

仕事はどうすると訊くと、続けてもいいが通うとなると二時間半はかかるからこれを機にやめようかなと上目遣いで私を覗き込む。瑛子は出身の私立大学の常勤職員をしていた。三年目だから、どちらにせよ今年度いっぱいで契約が切れることは確かだが、更新も可能なはずだった。しかし今の職場は人間関係が息苦しいのだという。

辞めてもいいんじゃない、と私は瑛子が望んでいるように無神経な口ぶりで言った。生活費は別に大丈夫だし。すると瑛子はでも、やっぱり今の仕事にも慣れてきてるし、内容の割には給料がいいからなあ、と半ば独白のような口ぶりで言い、私が否定も肯定もしないと、今度は、でもああいう仕事ってどうも性に合わないみたい、と天秤をまたゆらゆらさせ始めた。

私は瑛子の優柔不断には慣れっこになっている。それは彼女の誠実さや頭の良さから来るものだと思っている。思おうとしている。

「仕事が暇なもんだからひとの噂話ばっかり」瑛子はまた背中を押されるのを待つ口ぶりになっている。「中学校の教室にまた戻っちゃったみたい」

瑛子は大学のサークルを辞める前も同じようなことを言っていて、私はよく相談に乗ったものだった。

「辞めても会ってくれる?」と瑛子が心配そうに訊いてくるのが私は嬉しかったし、「私ここ辞めちゃったら友達全然いなくなるからなあ」とこぼすのを本当にかわいそうに思っていた。

我々は瑛子がサークルを辞めた後も会い続けた。瑛子は食事に行くとメニューを選ぶのにとても時間がかかったが、それは意志の弱さではなく自らの胃袋に対する忠実さの現れであることはしばらくしてわかった。あらゆる可能性を吟味しなければ、彼女は気が済まないのだった。我々の舌はよくあった。我々は何度か食事に行った後で、私の下宿でなしくずし的に寝ることになった。その際も瑛子はさんざん逡巡したが、いざことが始まってしまうとむしろ私よりも積極的で、そのしなやかなからだにはどこか横柄さすら漂っていた。

彼女と付き合ってから、思っていたよりも多くの男が彼女にまとわりついていたことも知った。彼女は無意識に種をまき、例によってあらゆる可能性を吟味していたのだろう。しかしその結果自分が選ばれたのだと思うと、悪い気はしなかった。

「だけど引っ越して落ち着いたら、新しい仕事を探すつもり」

流れのままに結婚の話も切り出すか私はまた逡巡していた。少なくとも釣りだされている気も牽制されている気もしない。

「結婚のことも仕事が決まったらちゃんと話したい」瑛子はこわばりのないまっすぐな瞳で私を見た。「それでもいい?」

我々はゴールデンウィークから一緒に住み始めた。町には三五〇人ほどが住んでおり、その半分近くが六五歳以上の高齢者である。緩やかに傾斜した国道沿いに、比較的早い段階で成長を終え安定期に入った血瘤のような小さな集落があり、住民のほとんどはそこに住んでいる。山あいのため、日の出は遅く、日の入りは早い。季節を問わず早朝や夕方にはしばしば霧が立ち込め、昼夜の境を曖昧にして日が移ろっていく。町の周囲にはかつて御猟場であった森が広がり、一五分ほど国道を下るとフットサル場が水道橋下にぽつりとある。週末にはよく市内から来た社会人サークルや学生サークルが練習を行っていて、歓声が風にちぎられて聞こえてくる。谷間の静けさではまれにその声が狂騒の色を帯びることもある。

あたり一帯は市内の中心部を流れる一級河川の源流地でもあり、国道の脇を添うように数本の細い川が流れ、庄屋の久間氏によって整備されたという用水路から各戸の田畑に引かれている。町のどこにいても水の音が聞こえ、そのため水の音が聞こえなくなればほんとうの住人になれたということだとは、誰から聞いたのかは忘れたが、よく覚えている。

またこの町はあやめの名所でもあり、我々が引っ越した時期はあちこちの水辺であやめの鮮やかな青が浮かび上がっていた。住民たちはかきつばたや花しょうぶやヒオウギアヤメもひっくるめてあやめと呼んでいるが、これも、それぞれの青の見分けがつかなくなり、ついにはその青ささえ目につかなくなればこの町の住人になれたということだと、誰かから聞かされ、やはりその人の顔は消え、声だけが留まっている。

かつてこの町の住民たちは供御人《くごにん》としてこのあやめや、木材、木灰、炭、松明などを朝廷に貢進していた。今でもそのことを誇りに思っている住民も少なくない。ある老人などは新しい職員が赴任してきたことを知ると、わざわざ窓口まできて、『紫式部日記絵巻』で宮中の人々が夜通し賑やかに宴をしている画を見せ、ここに描かれている松明はみなうちのものだ、我々が宮中の夜を照らしていたのだ、と自慢げに教えてくれた。

所長が言っていた通り近所付き合いはほとんどなかった。二、三年で押し出され、入れ替わってしまう若手の職員ということで、どこかお客さん扱いされている風がある。型通りの世間話の型が過ぎ、こちらを閑却しているうちに夢遊の気すら帯びてくるものも少なくない。内覧の時に瓜を持ってきた木田さんは、朝役場に出勤する際いつも瓜畑から挨拶をしてくれる。しかし立ち止って話をしようとすると例の歯を食いしばるような笑顔を見せ、すぐに腰を曲げ、絡まった毛細血管のように蔦が繁茂する瓜畑に身を沈めてしまう。そうしてときどき水を満々とためこんで青く膨れ上がった瓜を、私の家の玄関に置いていく。次の朝にお礼を言うと、やはりすぐに蔦の中に身を隠す。昔は瓜もこの町の名産品だったが、今はあまり金にならないので、木田さんの他に栽培している人はほとんどいない。

瑛子もたいてい家に居るため、町の誰とも交流をもっていない。外に出るのはスーパーへの買い出しくらいである。

スーパーがある隣町には一時間に一本バスが出ていたが、瑛子はよく自転車で行っている。自転車だと往復四五分ほどで、山道なのでいい運動になるし、森は戦前まで御猟場だっただけあって、狸やイノシシ、ときにはムササビなどとも出くわすこともあってなかなか楽しいという。妙に長い胴体が何本もの木立の背後にまたがっていることもあるが、いつも素早く眼前を通り過ぎてしまうので未だにそのけものの顔や尾を見たことがない。けものが消えた後も木立に目を凝らしていると、もう慣れたはずの道や風景が見知らぬ顔つきをしていたり、自分がスーパーに向かっているのか、スーパーから帰ろうとしているのか忘れてしまい、前かごを確認してようやく思い出したりもする。

買い出しと料理以外は、瑛子は寝ていることも多かった。午前中に買い出しをすませ、昼食後から夕方まで寝室の畳の上で布団も敷かずにずっと寝ていることもある。私が仕事から帰ってくると、寝室にはしばしば午睡の甘く重たるい匂いが沈殿していた。時にはまだ瑛子が眠りの底に沈んでいて、重い水からひきあげるように揺り起こすと、薄目をあけ、自身のからだの輪郭や顔すらうまく掴めていないような淡い瞳と微笑みで、私を迎える。あなたいつから私を見てたのと文節も定かでない、どこか行為後のしどけなさにも似た調子で訊く。眠りの底からゆるやかに浮上していくと、その底から誰かのまつわりつく視線を感じることがあるのだという。

「そりゃからだの方がもっと眠ってたいから、うらめしげに意識を引き寄せようとするんだよ。からだの重心はまだ眠りに残っているからそんな風に感じもするんだ」

私は何か剣呑なことを口走った気がし、そんな赤ちゃんみたいに眠って、気が滅入らないかと努めて軽薄に付け加えると、赤ちゃんだから滅入る気なんてないのとあしらわれた。むしろ睡眠時間が増えここの水もあっているので肌の調子がよく、気分がいい。確かに瑛子は元々色白だったが、最近は肌の肌理《きめ》が細かくなって青いほどに艶めいている。夜眠れなくならないかと訊くと、全くそんなことはないという。実際彼女は夕食後はすぐ眠りに落ちてしまう。泥土の深さの匂う眠りで、腕や背を接していてもみるみる肌のおぼえが死人のように淡く遠のいていく。指先を微かに喉に這わせても、髪の毛に巻き付けてもぴくりともしない。心配になって寝息を確かめたこともある。仕事探しは大丈夫なのかと私は訊いた。バイトでもいいから昼間少しでも働けば、こうまで深く眠りに浸りはしないだろう。

瑛子はやってるから気にしないでと、珍しく煩わしそうに笑った。「それにまだ生活費だってちゃんと納めているでしょう」

それは事実だった。

「やらなきゃいけないことがあればやるけど、別にないんだもの。あなたが帰ってくるまで話す人もいないし」

瑛子は屈託のない調子で唇を尖らせた。

「そういえば近所に挨拶とかってもうしたの?」

私はいかにも所帯じみた自らの物言いを不愉快に思った。瑛子は幸いあてつけと受け取ることはなく、

「こっちからは行ってない」と答えた。「でも向こうからは来た」

「誰が？」

「木田さんって、あの瓜くれる人」

「ああ」

「久間さんのところって挨拶に行った方がいいのかな」

木田さんがよくその名前を出すので、瑛子は久間さんが暗に木田さんを通じて挨拶に来るよう命じているのかと訝しんでいるのだった。

「別にいいよ。こういう田舎の狭い人間関係の中で一度先回りして気を遣い出したら、今度はそれが義務みたいになりかねないしね。物事が動いて、それぞれが新しい位置におさまってから気づくぐらいの鈍さでちょうどいいんだ。それに祭りの打ち合わせもあるし、近いうち久間さんとはこっちで顔合わせもする」

「でも行かないとそれはそれでいろいろ言われそうじゃない？」瑛子が不安そうに言うので、

「まあどうしてもだったら所長に頼めばそういう場は設けてくれそうだけど」と言うと、

「それだと何か構えちゃうなあ。あんまり前もって、っていう感じじゃない方がいいのかも」と自問するように言った。そうして、

「じゃあ結局私何したらいいのかな」と付け足したが、その口ぶりにはさっきまでのためらいはなく、むしろひたむきな前向きさにも近い暢気さがあった。

「散策でもしたらいいんじゃない」

「散策?」

「このあたりの森は水源地だから綺麗な川もあるし、寺とか神社とか有名なところもある。君が言っていたように市内ではお目にかかれないような禽獣もいる。薬師峠から栈敷ヶ岳のあたりには毎年のように槌の子の目撃例もあるしね。何にしろぼんやり歩いてるだけでもそれなりにおもしろそうだよ」

話しながらつまらない、いかにも形骸的な提案だと思った。しかし瑛子は、

「槌の子探しかあ。いいかもしれないわね」と目を瞠《みは》った。「うん、それはおもしろいかも」

瑛子がそんな風に言うと、形骸に確かにさっと暖かい血が通った。「うん、きっとおもしろいと思う」


仕事は前の部署よりもだいぶ楽だった。窓口に出ることが多かったが、それほど対応が難しい住民もいないし、仕事量も少ない。三人しか職員がいないので区役所の市民窓口課よりは仕事も多岐に及び、各方面での引継ぎはまだ続いているが、そもそもここでの仕事自体引継ぎのようなものである。

退勤はほぼ定時で、家に帰ってからも、瑛子の言う通り別段することもない。いかにも手

持ち無沙汰で、かと言ってそれが習いとなって、かえって住処と情を通じるところまでには達していない。まだ住んでいるというより滞在しているぐらいの心持でしかないのだ。むしろそこから在ることが抜け落ちて、ただ滞っている心持がすることさえある。家はこちらのぎこちなさをよそにして時折ひとりでにきしみをあげ、ひとりでに静かになる。

瑛子は相変わらず昼間は深い眠りに耽っていた。近頃はほのあかるいまどろみの底で、妙に耳が冴え、遠くの川音が聞こえてくるという。初めは茫漠と聞こえるのだが、だんだん音の輪郭が鮮明になる。しまいにはその音しか聞こえなくなって、近くで水が溢れ出してる気さえしてくる。そうしてしばらくするとまた音が遠のいていく。そんな眠りを継いでいくように繰り返して、少しずつ水音の遠近が曖昧になり、馴染みが深まってくる。

「ときどき電話が鳴ってる気がするの」

起きなければ、と思ってもどうしても起きられず、まとまりかけた意識がまたほどけて沈んでいく。

「罪の意識だね」私は努めて粗忽《そこつ》に解釈を差し出した。「まだ眠りたがってるからだを持ち上げるために意識がこしらえるんだろう」

「でもほんとうに鳴ってる気がするの」

「じゃあ誤作動かもしれない。古い設備だし、前にも一度あったしね」

内覧の際、鳴った電話は後に確かめたところ瑛子からではなかった。そもそも瑛子の履歴にこちらからの着信も残っていなかった。

瑛子はまだ考えていた。「大昔に誰かがかけた電話が、今鳴ることってあるのかしら」

互いに昼間の消耗がない分、夜は長く伸び、肌を重ねる頻度が増えた。瑛子は行為のあとによく裸のまま庭に出て、火照《ほて》ったからだを冷ました。

「だれかに見られたら、どうする」と言っても、気にする様子もない。やわらかな月明かりを浴びて、青い闇に白く浮かび上がるからだの美しさに釣りだされ、私も庭に降りてしまい、「見られたらどうするの」と瑛子にからかわれることもあった。

裸のまま庭に出ると、汗を纏《まと》ったからだに湿った夜気が涼しく、地面は露に濡れていて、足の裏がひやりとする。瑛子は酔いに乱れた歌声のような気ままな足取りで庭を歩いた。庭の隅に自生しているあやめを一本無造作に引っこ抜き、顔に近づけ、私が背後から抱きすくめると、あやめは力なく指のあいだを抜け落ち、あるいはあやめが抜け落ちたのが先で、私が抱きすくめさせられたのか、ともかくいやに濃厚な芳香だけが宙にとどまる。私はそのまま後ろから押し倒そうとして、びくともせず、全体重を乗せようと地から足裏を離すと、かえって軽々とおぶわれ、運ばれていく夢を見た。私は背の上で、預けたからだをとりかえそうともがいたが、彼女は私の足首を前に回してしっかりとにぎって離さない。私はこのままはこばれていくほかないのだ、と諦めて、夢の中だから無性に愉快にも思えた。

彼女は私をおぶったまま、家の前の坂道を降り、街灯で濡れたように輝く無人の国道をひたひたと大股で横切り、山頂へと続く森の小路に踏み入った。しばらく進むとすぐに国道の灯りも、月の光も届かなくなる。瑛子の足取りには少しも乱れるところがなかった。

奥へ奥へと進んでいくと、急にひらけたところに出た。誰かを待っていたように、月明かりが注がれた草地が薄霧の中に青々と浮かび上がる。ところどころその青さが滞って濃縮したように、あやめが群生している。今まで集落で見かけたものより丈高く花も大きく、花弁のかたちもどことなく違っているように見える。よく見れば足元には水が張っており、瑛子が足を踏み出すたび波紋がやわらかく広がっていく。水は瑛子の静かな足の運びに抵抗しながらも、まとわりつき追いすがってくるのが、おぶわれたこちらにも伝わってくる。淀んだ水の匂いが湿り気とともにそっとはりついてきて、からだの芯は冷え始めているはずなのに、肌のおもてはぬくもっているように感じられる。水はだんだん深くなりつつあるようだった。もう帰ろうや、という自分の声がずいぶんくぐもって聞こえた。瑛子は答えない。私はもう一度、さっきより声を張って、

「おい、もう帰ろうや」と言った。

「サギよ！」瑛子の指の先にはアオサギが立っている。水面を見下ろし微動だにせぬまま、

薄霧の移ろいに呼応して遠のいたり、迫ったりする。

どうしてこんなところに、と心の内でつぶやいたのが、漏れ出していたらしい、「鯉を狙ってる」と瑛子は言った。暗い水面に目を凝らすと、肉の中に沈潜し可動する骨のようにいくつもの影が動いている。影の輪郭はどれももどかしいほど不鮮明である。

「もう帰ろう」私はなんだか焦っていた。瑛子は答えない。足を静かに運び続けている。もう水は膝の高さまできている。

「おい、聞いてるか」豊かに盛り上がった肩を掴んで揺すろうとしたが、びくともせず、ただ私が揺れただけだった。私は泣きたくなって、もういい、俺をおろせと言った。瑛子はやはり答えない。私のことばは、彼女の広くなだらかな背中の上をすべり落ち、音もなく水の中へ垂れていく。

「おろせと言ってるだろう」私は手を彼女のずっしりとした頸にかけた。しかし手の内に少しも力が入らない。実際私は、少しもおろしてほしくなどなかった。彼女は大きな声で笑った。私の手の内で喉が震えた。声の通り道を狭めようと、私はさらに手に力を込めた。けれども声は手の内でますます太くなり、私は声そのものに弾かれるように手を離してしまい、足首を掴まれたまま、さかさまになって水に落ちた。水の冷たさに驚き、すぐに顔をあげようとしたが、彼女がまだ足首を掴んでいるので、からだの重みが頭にまっすぐつながり、踏みしめるところを求めて足を引きつけようともがけばもがくほど、頭は下方に沈んでいく。立ち上がろうとして腹に力を込め、貴重な酸素を吐きだし、全身が一本の管と化しながらますます沈んでいく。彼女の笑い声はさらに太さをまし、水で蓋をされた鼓膜に響いてくる。私は水を掴もうとして手を伸ばすが、水はからかうようにぬめるだけで、指の股からすり抜けていく。目の前をすいと色鮮やかな鯉が通り過ぎた。途端に頸の力が抜け顔を下に向けた拍子に、鼻から水がぬるりと入り込んで喉をのぼり、ほのあかるい水底にひときわ巨大な影が身をひるがえし、白銀のうろこが煌めいたかと思うと、意識がすうっと引いていき、目を瞑《つむ》りながら表裏がひっくりかえって目がひらき、水に打ち上げられた魚のように、ベッドでからだをびくつかせている。耳の奥にどくどくと血の流れが騒いでいる。粘っこい疲労がからだの隅々までまつわりついている。

「起きたの」と私の丸めた背中から瑛子が言った。「ずいぶんうなされてたよ」

部屋の中は最後に見た水の底のようにほのあかるい。カーテンの隙間から薄い陽が差し込んでいる。瑛子は汗でぐっしょりとした私の股のあいだをさぐり、

「こんなのつけたまま寝たら、壊死してとれちゃうわよ」と言って、避妊具を外し、私が急にこころもとなくなった陰部を覆うようにさらに背中を丸めた一瞬で、私の背後で作業を終え、私の眼前に口を縛ったそれを、おみやげのようにぶらさげた。薄いピンク色はだらしな

く伸び、ぽってりと膨らんだ底部に向かうほど透明に近づき、内部の精子たちの運動で揺さぶられているかのように左右に震えている。瑛子はヨーヨーの要領で縦揺れを与え、「この中に赤ん坊の素が何億匹も泳いでるのねえ」と感心するように言った。「またたっぷり出したのね。中でこぼれてないかしら」

瑛子はひょいと避妊具を引き上げ、入れ替わりに私のからだの上を転がり、広い背中を丸めて私の股間に顔を埋めて匂いを嗅いだ。私のペニスは萎《しな》びて、幼児のように弛んだ皮に包まれていた。彼女は、

「昨日は大活躍だったわね」とねぎらいの言葉をかけ、私のペニスの先をちろちろと舐めてから口に含み、厚ぼったくあたたかい舌の上で転がした。私は彼女がやりやすいよう、からだを大きな取っ手のようにまっすぐにし、尻穴をきゅうと閉めたが、なかなか勃起してくれない。そのうち尻穴が疲れだし、酸素を求める金魚の口のようにぱくぱく開閉し始めた。私はこそばゆくなり、

「ありがとう。もういいよ」と言って、彼女の額にばらけた髪を薄くめくって頭を撫でた。

彼女は私のペニスを口に含んだまままもごもご何かを言ってから顔をあげ、私に覆いかぶさってキスをした。寝起きの胃と口腔が直につながったような生臭い匂いとゴムの匂いがまじって鼻に抜けていく。私はつばを飲み込むの嫌さに息を吸う前に顔をそむけた。腕で唇を拭い、

つばを頬の内に溜めたまま、舌足らずにきたないきたないと言った。彼女は用意していたように笑い、

「あなた昔誰かを孕《はら》ませたことがあるの？」と言った。笑みはまだ保っている。

私はつばを飲みこんでしまい、胃からのぼってくる匂いを口腔から吐き出すように、

「いや」と言った。「どうして？」

「あなた寝言でおろせ、おろせって言ってたのよ」

「夢の中で君におぶわれてたからだよ」そう言ってから、何かとても大事な秘密を明るみに出してしまった、暗がりから引きずり出されてしまった気がした。彼女は笑ったまま、

「そう」とだけ言った。よく見ると喉の下に首輪のように赤い跡がついている。彼女は私の視線に不用意にその跡をさらしながら、

「やっぱり最近誰かに見られている気がするの」と言った。

「よせよ」私は立ち上がってカーテンを開けた。差し込んだ陽で私は堪え性が散じてしまったのか、

「想像だって、あんまり熱心だと現実を引き寄せかねないよ」と言い、視界の隅で彼女の無防備な背中の表情が変わっていくのにも気づかぬほどの愚鈍さを装い、窓を開けて庭に出ると、青い霧が色を失って散じていく中、一輪のあやめが陽を浴びて、根元から切り離された

際の戦慄をまだ保持しているかのようにはりつめたまま、地面に横たわっていた。手に取ってみると、花の香は頭蓋に堪えるほど匂った。

粘るような疲労は昼間にも持ち越され、仕事中私は何度も睡魔におそわれた。もともとが眠気を覚えるためにやるような仕事なのだ。昼食後、五月の午後の温気に懐柔されてうつらうつらとし始めたところで、所長に声をかけられた。三時から訪問の予定が一件入っていたのである。

外はよく晴れていて、水音が高く響いていた。集落の中央部にある区役所の出張所から国道の坂を上がっていくと、だんだんと家が立派になっていき、最後に久間さんの屋敷があらわれる。

久間家は町の山林地主で江戸時代後期には庄屋も務め、禁裏御用や神事では帯刀も許可されていた旧家である。屋敷は桟瓦葺《さんがわらぶき》で式台や書院造を取り入れた主屋に加え、茅葺《かやぶき》屋根の新座敷や六つもの蔵が立ち並び、市の指定で有形文化財にも登録されている。

実際屋敷を目の前にしてみると、いくつもの桟瓦葺の屋根が陽差しをうけて青鈍く光り、土塀ののっぺりした白さや、苔むした石垣の暗い緑とあわさって、屋敷自体が午睡しているような気配がある。門をくぐると、新座敷の茅葺屋根の破風部分に「水」という字が書いてあるのが目についたが、これは家の水の豊富さを示し、火の方が燃え移るのを厭うようにするためのまじないなのだという。確かに庭には町を流れる川から用水路が引かれて池がつくられていて、土塀に囲まれていっそう静けさが増した空間に、透明な流水が、自身が陽に透けいられるさまがそのまま音に転じたような鮮やかさで響いている。池の中にはやはりあやめが咲いていて、そのあやめを縫って大きな鯉たちがゆったりと身をひるがえしながら回遊している。あやめは夢で見たものと同じように、集落に自生しているものより幾分丈高く花も大きく花弁のかたちも似ているように見えたが、あるいは単にこちらの方が夢に引きずられていたのかもしれない。

長い廊下の奥にある客間は昼間でも薄暗く、畳からは淡い青みが遊離したかのように浮かび上がり、黒く塗られた机や、床の間に飾られた刀の鞘が、影に濡れてひっそりと輝いている。床柱には瓢箪を切った花挿が掛けられており、一輪のあやめが卑しげにこちらを覗き込んでいる。床の間を背にしてひじ掛け付きの座椅子にもたれている久間さんは、所長の挨拶を聞きながら、折り畳み式のシガーナイフで葉巻の先をカットし、所長が話し終えた頃にマッチで火をつけ、甘ったるい煙を薄い唇の隙間からゆっくりと吐きだしながら、一口で倦んでしまったように目を細め、その倦厭をやりすごそうと、また煙を吸い込むのだった。弛《たる》んだ目の下には一層濃い影が落ちている。

所長は私に自己紹介を促した。私が話している間も、久間さんは相変わらず倦んだように煙を吸い、私が話し終えても、まだ煙を吐いている。暗い部屋の中にみちた青く甘ったるい煙は既に行き場をなくしているが、自らとたわむれるようにかたちをかえ、定まり留まることを頑なに拒んでいる。

所長がまた促すように視線を寄こしたので、私は、

「このあたりにあやめが咲いていて、鯉も泳いでる湿地ってありますか」と訊いた。「たぶん西の森の方だと思うんですけど」

「ないよ」久間さんは煙を吐くついでといった風に、否定した。「そんなものはない」

久間さんは煙をひとつふかすだけの沈黙を挟んだ後、我々が何も言わないせいで前言の効果が不当に維持されていることにうんざりしたように、

「だけど、あったことはあった」とさっきよりも小さくつぶやいた。「かつては確かに旧街道沿いに大きなあやめ池があったんだ。この町の住人が供御人として宮中にあやめを貢納していたころの名残さ。またそれとは別に鯉の養殖場もあった。ところが戦時中にあやめ池は海軍の予科練のカッターボートの訓練所にされ、末期には埋め立てられて芋畑にされたし、養殖場の方も肝心の鯉が供出で根こそぎ持っていかれた。そのときは子どもを産んだら役場に行けば鯉がもらえたんだよ。鯉こくを食べればよく乳が出ると考えられていたからね。と

にかくそれで養殖場も潰れちまった。だからもしかしたら君が見たのは――何かを見たんだろう？――この町の夢かもしれない」

久間さんの声は、どんどんくたびれていき、最後にはほとんど水音にかき消されてしまっていた。解雇を本人に通知する前の美辞麗句のような、気持ちのこもっていないことを積極的に相手に悟らせようとする話し方だった。久間さんは話し終えると、自分自身の空気を抜いてすぼませようとしているように、長く煙を吐き、息継ぎもしないで、

「一度この子と二人で話させてくれないか」と言った。頼んでいるのは言語の上だけで、口調は命令ですらなく、既に決定だった。「少し庭でも見てくるといい」

所長が席を立つと、

「君は葉巻を吸うか？」と久間さんは訊いた。さっきとは違い、絡みつくような親しみを含んだ声だった。

「いいえ」と簡単に答えると、

「タバコも？」とまた糸を引くように訊いた。

「吸いませんね」

久間さんは視線を動かさないままゆっくりと頸をねじった。「吸ってみるか？」

私が公務中なのでと言うと、久間さんは頬だけで笑った。長く自分の特権的な地位に慣れ

親しんだものに特有の、相手を遠ざけつつ囚えようとする笑い方だった。

「君は惟喬《これたか》親王は知ってるかね」

「ええ、それほど詳しいわけではありませんが」

私はこの接見の前に、所長に命じられて集落の民話や伝承について予習していた。「久間さんの話は時間を行ったり来たりするからね」第一皇子だったにも関わらず藤原氏との権力闘争の末に継承争いに敗れ、この一帯に隠棲していたとされる惟喬親王の伝承は最も有名なものである。伊勢物語にもあらわれる在原業平との交流や、小野小町とのゴシップめいた艶話、あるいは土砂崩れを法力で押しとどめたとか、藤原良房が送り込んだ刺客をその功徳によって身内に引き入れたとか、滝の下で剃髪した際、水に落ちた眉は鮎に、髪はうなぎに変じたとか、弘法伝説のようなものも残っている。

その日久間さんがした話も私は既に知っていた。惟喬親王は隠棲して出家した後、日々法華経を唱えつつ過ごしていた。ある日池のほとりで経を読んでいたところ、夢うつつの心地になり、夢の中で惟喬親王はやはり池のほとりにいて、法華経を唱えていた。すると池に棲んでいた龍が親王を襲おうとした。しかし親王が「この身が欲しいのなら、仏の功徳ごと呑み込むがよい」と言うと、龍は怯んで再び水の底に身を沈めた――この伝承にはいくつかのヴァリアントがあり、近江では龍が沈んだ後の渦巻きを見て、親王がろくろを発案したというものもある。久間さんによれば伝承に出てくる池にも諸説があって、旧街道のあやめ池もその候補地の一つだという。

「だけど私はその池は惟喬親王の中にあったんだと思う」久間さんは跡切れかけた声を、再び投げやりにふくらませた。「夢を見たのとは違う。ただそういう風景が親王の中にあったんだ」

「風景?」

久間さんはもう答えなかった。切り詰められた青い静けさの中で寂しく煙だけが動いていく。「君は女をつれてきただろう」

私は驚くより、いやな気分になった。あるいはそれは部屋を既に満たし、私の肺も満たそうとしている、甘ったるい煙のせいかもしれなかった。ふと何かが動いた気がして天井を見上げると、縞模様の影が揺らいでいる。さっきまでは気づかなかったが、庭の池の反射が障子を透かして天井に映り込み、鯉たちが身をひるがえすたび、影も揺らいでいるのだった。

「小さな池に小石を投げ入れるようなものさ」久間さんは葉巻の灰を灰皿に落とした。語調はいたわりを帯びていた。「この小さな集落じゃそのぐらいのことはその日中に知れる」

書院の青い障子に影が通り過ぎた。どきりとしたが、所長が庭を歩いているのだろうとすぐに思い直した。

「あるいはこの集落の後の世の姿かもしれないな」

私が話についていけずにいると、

「君が見た夢だよ」と久間さんは笑った。「谷間はいつだって水底に変わりうるものだ」

家に帰っても私は瑛子に久間さんの話はしなかった。ただ瑛子の方で、

「今日誰かと会った?」と訊いてきた。「妙な匂いがする」

服を着替えても葉巻の甘ったるい匂いが肌や髪の毛に染み付いていたのだろう。しかし私は疲れで萎えた体で曖昧にしか答えなかった。

私は職場で無聊をいいことに、郷土資料にあたって夢で見たあの池のことも調べてみた。久間さんが言っていたことは本当で、戦前にはあやめ池も養鯉場も存在していた。また私は久間さんの屋敷の池に咲いていたあやめも調べてみた。こんなことにこだわっていては住民に成るのにはずいぶん時間がかかりそうだと自嘲しながらネットでいろいろな種のあやめを見比べていると、ナスヒオウギアヤメという種に行き当たった。ヒオウギアヤメによく似ているが花茎が一メートルあまり、葉の幅も二、三センチで、こちらの方が大型である。また花弁のかたちも久間さんの屋敷で見たものと一致していた。昭和三七年に宮内庁の職員が発見し、昭和天皇が命名・紹介した種で、皇居で栽培されたのち、栃木県に下賜された。種子を結ばず株分けでしか増やすことができず、今でも皇居の他は那須町・那須塩原市の一部に

生育しているだけで絶滅危惧種に指定されている。久間さんは今でも宮内庁方面とは繋がりがあるというから、その関係で手に入れたのだろうか？

久間さんの屋敷にはその後も何度も足を運んだ。七夕に祭りがあって、行政で何か決定があるたび、久間さんに話を通しておかねばならなかったからである。

「別にこっちから許可を求める必要はないし、向こうから口を挟んでくるということもまずありません」と所長は言った。「ただ久間さんを通せば話は滞りなく進んでいくし、久間さんの頭越しに何かを決めようとすると途端に話が進まなくなる。それだけのことです」

実際久間さんはこちらの決定に異議を唱えることは一度もなかった。初めから大して興味がなかったのだろう。久間さんはこちらが話している間はほとんど相槌も打たないので、何か暗唱を試されている風で、自分の声がやたらと耳につき、時には聞き入って意識が広がり出てしまい、ひどいいいまちがいをしたり、自分が何を話しているのか忘れたりする。そういうときでも久間さんはやはり黙って退屈そうに葉巻の煙をふかすだけだった。久間さんは私の話が終わっても葉巻をふかし続けた。甘ったるい匂いが畳に染み込み、庭を流れる水の音が聞こえるもののすべてになると、ようやく久間さんは話し始める。

久間さんの話はこちらの報告と関係があるものもあればないものもあった。過去の職員が引き起こした舌禍や艶聞、住人たちが、すまし顔の下にひそめている間に当人同士も忘れてしまったような諍いや浮評、時折はそれらの因果が戦前の監守長時代の話や江戸後期の庄屋時代の話に臆面もなく結ばれ、さらに遡って惟喬親王の縁起や伝承にまで流れていくこともあった。それらの話は、あるいは関係がないようで、地下の水脈でこちらの報告とつながっていたのかもしれないが、私にはわからない。

「君にだって関係のある話さ」久間さんはこちらが焦慮に傾きかかるのを見透かして言った。「昔ここらの水は御所にまで引かれていてね。大正までは水守《みずもり》も置かれて、君たちが駄目というから遺体を葬るにも峠を越えなくちゃいけなかった。惟喬親王が最期にここを移ったのもそのためだという話もある」

「たいへんな時代ですね」

「そうひとごとのようじゃ困るな」久間さんは笑った。「君が今やってる引継ぎだって、元を辿れば否応なくそのことも担っている。自覚はなくとも、千代に八千代に、さ」

私も笑ったが、それが久間さんに通った気配はなかった。

「だけどあの歌は、本当は惟喬親王にあてたものだったらしいね」

久間さんの話は長く、とりとめがなく、ぶつぶつと途切れがちだった。私は所長から決して自分から先に席を立たないよう言われていたが、久間さんもそれをわかっている風で、私が早く帰りたい時に限って、無暗に沈黙を引きのばし、水音に浸るに任せた。陽が沈みだし、部屋の中がさらに暗くなり、水面が遠のくように天井に揺れる水の影が消えても、久間さんは灯りをつけない。ただ葉巻の先が熾火《おきび》のように闇の中に浮かんでいる。その赤い火が完全に消えてしまうと、ようやく久間さんは沈黙を切り上げた。

帰路、私はいつも後をひかれるような、何か大事なものを置き忘れてきたような気がしたが、決して屋敷の方を振り返らなかった。家に戻ると、自身を確かめるように瑛子を強く抱きしめた。それは男が女に対してというより、子どもが親に対してするような抱きしめ方で、彼女も拒まずに、私の髪を撫で、冷えた背中をさすった。彼女は私が何かに怯えているときはいつも優しかった。ある夜彼女は私の肩に顎を載せ、

「今日また電話が鳴ったの」と言った。

目が覚めて、鳴っていることに気づくまでにいくらかの間があって、それでかえってまどろみのあいだはずいぶん長く響きに意識を添わせていて、その始まりは完全に夢の中まで潜り込んでいたことが思われて、鳴るということは既に成るということかもしれないなどと、まだ浅く眠りに浸かったような濁った頭でそんなことを考えていると、もう受話器をとっていた。何の応答もなかった。

「だけど誰かがそこにいることははっきりわかった」

声はおろか、呼吸すらもなかった。しかし妙に鮮明な静けさの中、息遣いの予感、あるい

は既に絶えた息の影が、その輪郭が刻々と濃《こま》やかになるにつれ、そこに立っているのが、よく知っている、それでいて名前が出てこない古い馴染みであるような気がしてくる。

「それですぐに電話を切ったんだろうね」

「わからない」記憶に耽る瑛子が、愛していない男に抱かれる女のように私の肩越しに視線をまっすぐ伸ばしていることが、私にはわかった。「一瞬だった気もするけど、それだって今思い出した時の感じ方にすぎないでしょう」

私は瑛子に久間さんのことを話した。余計な不安を与えぬよう、あらかじめ私の不安を、母が幼児に与える魚の小骨を取る細心さで取り除いて話すのだが、そのせいか人物の輪郭がひどく曖昧になり、それがかえって彼女の歓心を買うことのないよう、私の口ぶりは時折冷淡さすら帯びた。

「だからこの頃本を持って帰ってくるのね」

瑛子は、私が所長から久間さんとの面談の予習のために持ち帰らされた郷土資料や惟喬親王や伊勢物語の研究書を、昼の無聊に目を通すことがあるのだと言う。

「だからあなたがちゃんと線を引いて勉強してるのも知ってる」

瑛子の口ぶりにはからかいの底に愛慕が込められていたが、なぜか私は悪事を見透かされた幼児のような、ばつのわるい思いがした。

「その人とは祭りの調整のために会ってるのよね」

「うん」そのはずだ、と私は水面に気泡のように上がってくる後ろめたさをやりすごした。

「その祭りはいつからやってるのかしら」

私もまた記憶に耽って無防備に視線を曝していたのだろう、久間さんは何か訊きたいことはないかと言った。珍しいことだったが、機嫌がいいわけではないのは、私にもわかっていた。すぐに浮かんだいくつかの問いを沈め、できるだけ無難な問いを考えていると、

「そうかまえなくてもいい」と久間さんは頬だけで笑った。「私はただ君ともっと親しくなりたいだけなんだ」

私は祭りはいつからやっているのかと訊いた。すると久間さんは、

「つまらないことをきくね」と言って、音を立てないで大きく煙を吐いた。煙は水の中に落ちた絵の具のように広がり、何かを撫ぜるようにゆっくりとかたちをかえていく。

祭りの起源は平安の中ごろにまで遡る。当時朝廷は都での度重なる氾濫に頭を悩ましており、源流地域であるこの町に御幸の沙汰があり、森の奥深くにある水源の窟《いわや》屋で祈祷が行われた。以来この町では流水量の一番多い七夕に祭りが行われている。

久間家は戦前までは祭りの最後に窟屋の前で剣舞を奉納していた。その際用いていたのが今床の間に飾られている刀で、これは先々代が御猟場の監守長をしていた際、宮中から賜っ

たとされる守刀である。幼いころから稽古を積んでいるので、久間家の人間は刀の扱いには長けている。特に戦前、先々代までは武家式の教育がなされていたこともあり、皆非常に優れた技を持っていたという。

「手に取ってごらん」

久間さんは、暗い部屋の中でもくっきりと浮かび上がるような黒い鞘に入った守刀を、骨ばった手で私に差し出した。手に取るとずっしりとした重さがある。からだの重心が引きつけられ、よろめきそうになったのを眺めて、

「意外に重いだろう」と久間さんは言った。「抜いてごらんよ」

鞘をゆっくり抜いていくと、水から引き上げたばかりのような滑らかな刀身が、それ自身伸びあがり、かたちを成しつつあるようにあらわになっていく。鞘を完全に抜ききって机の上に置くと、むしろ刀身の重さが増した気さえした。手の内で柄を返す度、刃は薄闇の中のわずかな明るさをことごとく吸い寄せては、切っ先の一点に注ぎ込んでいく。

「これは父から聞いた話なんだが」私が刀を立てると、久間さんは刃に視線を伝わせ、切っ先を見あげた。「祖父は酒を飲むと床の間からいつも刀を持ち出してきたらしい」

始めは刀片手に倒幕派の志士を屋敷に匿《かくま》って刺客の攘夷派の志士と一戦交えた際の武勇伝を語るのであるが、次第に酒が回ってくると刀を抜いて父の間近で型をやってみせる。さら

に酒が回ると、気勢をあげながら父に向かって刀を振り下ろし、額の前でぴたりと止めてみせる。祖父は呂律が怪しくなるほど酒を飲んでも、切っ先はまるでぶれない。家に遊びに来た父の友人に対し、祖父がこの寸止めをやってみせたこともある。友人は畳の上に失禁してしまい、以後二度と家に遊びに来なくなった。

「いやそれじゃ年代が合わないな」久間さんは繕う風もなく首を傾げ呟いた。「曾祖父だったかもしれない」

「豪傑ですね」と私が話を先へ促すと、

「君は昔このあたりに癲狂院があったのは知ってるか？」と切っ先を見つめたまま訊いた。

かつて集落には滝行などの水行を中心とした水治療場の宿屋がいくつもあり、明治の初めには仮癲狂院も設立された。しかし当時としては先進的な開放医療を試みた結果、地元住民との軋轢が生じ、結局患者たちは麓の施設に移ったのだという。

「今でも風向きによっては麓から叫び声が聞こえてくることもあるらしい。あるいは案外ただの風の音に過去の叫びの残響を聞き取っているのかもしれないが」

「聞こえたことはあるんですか？」

「ないよ」久間さんの頬にまた皺が凝った。「だけど響きは行き渡ってかえって聞こえなくなるということもある。こんな谷間じゃ叫び声はきっとよく響いただろうしね。実際祖父がそうだったらしい」

久間さんは外のほのかな明るさで青く染まった障子を顎で指した。

「狂ったわけではない、と父は言っていた。むしろまったく正気そのものだった。狂えるものにはそれはそれなりの幸せがあるに違いない。だけど祖父はそうはなれなかった。正気そのもので何時間もぶっ通しで叫び続けたんだ。からだを管のように鳴らしてね。喉が潰れてふいごのような息しか出なくなると今度はひたすらに酒を呑んだ。酒に呑まれようとした。そうしてそこの池で溺れた。事故だか自殺だか、まあ大した違いもないのだろう」

「それほど深さはなさそうでしたが」

「ひと一人溺れるのに水の深浅は関係ない」久間さんは大儀そうに呟いた。「父もそこの縁側で腹を切った。君が今持っている守刀でね。血だまりはこの部屋にまで広がった」

久間さんは想像の血だまりから一筋の血をひくようにゆっくりと私に視線を戻し、「ずいぶん余計なことまで話してしまったね」と言った。「しかし一応は君の問いに答えたわけだ。だから私も一つ君に訊く権利があると思うのだが、どうだろう」

私は無論断ることなどできなかった。「かまいませんよ」

「早く帰りたいだろうにすまないね」

「いえ」

「でも女王が待っているだろう」

「どうせ寝てるだけですよ」

「目覚めのキスが必要だな」

「そうかもしれません」私は慎重に阿《おもね》りを排して笑った。「何をお聞きになりますか?」

「君は彼女に私のことを話しただろう」久間さんは微かに頬の皺を深めた。「私も彼女の名前が知りたい」


一度名前を教えると、後は糸がほつれていくように、するするひきだされた。と言って、私もひきだされるままに差し出したつもりではない。瑛子のことを訊きたがる臆面の無さと執拗さに老いの淫猥への崩れ以上のものを感じ、話をはぐらかし、すりかえたり、時には露骨に嘘をついた。すると久間さんは決まって冷たそうな手で黒塗りの座椅子の腕を叩き、「嘘はいけない」と笑った。私が嘘をつくと、久間さんは新しいほつれを見出したように上機嫌になり、嘘で覆われていた部分だけでなく、それに覆われていることに私自身気付いていなかった部分まで露わにし、こちらが羞恥やら怒りやらで依怙地にこわばっていく様子をゆるやかに見つめておいて、その新たに露わにした部分には少しも触れずに、しらじらと次の話題に移るのが常だった。あるとき久間さんは、

「君はずいぶんこの地域の民話や伝承に詳しいね」といかにも退屈そうに言った。私がきちんと久間さんの話についていくのでかえって興がそがれたみたいだった。「所長の資料をちゃんと読みこんでるんだな」

私は久間さんがことさら呆れてみせるのに気づかぬ体で礼を言った。

「瑛子もそうなのかな」

私は躊躇《ためら》ったが、私の不在時に持ち帰った資料を読んでいることはあるようだ、と答えた。

「きっと退屈しきってるんだろう」久間さんは同情してみせた。「瑛子とは子どもをつくる気はあるの？」

「どうでしょうね」

「はぐらかすなあ」久間さんはやけに快活な口ぶりで言い、葉巻を挟んだ指で座椅子の腕を柔らかく叩いた。「こんな田舎じゃあ互いのからだを持ち寄らなきゃ時間を持て余すばかりだろう」

瑛子とはあの池までおぶわれる夢を見た日以来、肌を重ねていない。今までもそういう時期はあったから私はあまり気にしないようにしていた。漠とした甘たるい気だるさはまだからだの芯が微かに覚えている。

瑛子はここへ来てから薄皮をめくるように日に日に美しくなっていく。あれ以来応じないのも、こちらの堪え性を腐らせ、頑是ない幼児に仕立て上げて、支配を深めようとするのとは違い、船乗りがのりだす波を待つように、ただ時宜を待っている気配がある。そう言い聞かせていても、ふいに彼女が庭を窓越しに眺めながらしゃがんで、その背の輪郭が立ち居よりもむしろ濃く際立ち出したときなど、固く締めていた諦めがほどけ、せつなさが喉元までこみあげて、手をのばしたくなることもある。

「怒らせたのなら謝るよ」久間さんは薄笑いを浮かべぽつりと呟いたが、声は消え入る手前で妙に粘った。「私は君の味方になりたいんだ」

「そう言ってくれるのは嬉しいですが、僕と瑛子はうまくいってますし、お気持ちだけで大丈夫です」

「うまくいってる人間は、そんな言い方はしないさ」

「もしそうだとしてもあなたに何の関係があるんです?」

「私は男としては終わった人間だ。なまくら刀だよ。だから君の若さがうらやましいし、せっかくの若さを束ねられず、そのくせ従者根性で気だけは張りつめて、どこまでも仕えていくのがもどかしいのさ。できればかわってあげたいくらいだ。私だって若い頃はそれなりに遊んだものだ。業平ほどじゃないがね。君伊勢は読んでるのか?」

「ええ」

「業平はどうしてああも色恋に溺れるんだと思う?」

昵懇《じっこん》の間柄であった惟喬親王が継承争いに敗れ、業平自身も中央政界に復帰する望みが絶たれたからではないかと、私はあくまで教科書通りに答えた。

「それはそうだ」久間さんは骨ばった手で黒塗りの座椅子の腕を軽く叩いた。「しかしそれだけじゃない。あの歌物語の底には観測者の、ただ通われていったものの哀しみが流れている。その哀しみが恋に、請うことに結ばれている。歌うこともまた己を管にすることには違いない。もう私には絶えて久しい覚えだがね。しかし君にはよくわかるだろう」

久間さんは少しもわざとらしさを強調せず抑揚をつけ、その過不足の無さに対する奢りもおくびにも出さなかったので、離人の気配すら漂っていた。私が侮辱として正面から受け止めるべきか迷って、視線を濡れたように磨き上げられた黒塗りの机に落としていると、

「私は君のことを気に入ってるんだ」と声を一定に保ったまま続けた。「だからできることなら君と仲良くしたい。袖振り合うも、というだろう」

「だけど瑛子とは振り合ったわけじゃない」

「無論そうだ」久間さんは自身と私を等分に戒めるように笑った。「しかし使者がいつも閨《ねや》の匂いを引き連れてくるものだからね」

「匂い?」私は視線をあげた。「それは久間さんの想像じゃありませんか」

「誰だって自分の家の匂いには気づかないものだし、ひとの家の匂いは気になるものさ」久間さんはまだ笑みを残している。「瑛子だって君が帰ってきたら気にしてただろう?」

「見てきたみたいな言い方ですね」と私は笑ったが、久間さんは大きな手のひらで退屈そうに顔を上から下に、笑みを拭い、

「だから私にだって君を通い路にして想像を彼女に及ぼす権利はある」と言った。「その想像を楽しむ権利もね」

及ぼす、ということばに触手めいた響きがあり、久間さんの顔にも露悪的な笑みが浮かんでいた。

「誰だって私ぐらいの年になれば、もう現実よりも想像に生きるようになる。あくまで割合という意味においてだがね。それに想像には罪が伴わない。誰を犯そうと、誰と交わろうとね」

「罪はないかもしれませんが、それが瑛子相手だと言うなら不愉快です。少なくとも正しい発言ではありません」

久間さんは葉巻を吸い、ゆっくりと煙を吐いた。

「ここには我々二人しかいないのに正しいも何もありはしない。正しさというのは観測者がいて初めて存在するものだ」

ふと私はこの人は行為の後もこんな風に煙をふかすのだろうか、と妙な切迫感を伴って想像がよぎった。

「それよりもう少し想像の話をしよう」久間さんは青く沈んだ煙を口元に漂わせ目を細めた。

「龍の話だ」


久間さんはその日、いつも足を運んでくれる礼にと、鮎をくれた。私は市民からものをもらうことはできないと何度も断ったが、久間さんはことを終えたひとのこだわりのなさで私をなだめ、しまいには、

「そんなこと言ったって君はもう初めから受け取ったじゃないか」と木田さんの瓜のことを引き合いに出した。「同じようなものさ」

私は結局鮎を受け取った。

「感想を聞かせてくれ」久間さんはやすらいだ機嫌のよさで私を見送った。「いい鮎は瓜の匂いがするらしい」

次に会った時、鮎の礼を言うと、今度は鯉をくれた。私はまた断ったが、

「二度も三度も同じものだよ」と久間さんは笑った。

その次に会ったときにはうなぎをくれた。私はもう断りもしなかった。

瑛子がクーラーボックスを開くと、大量のうなぎが犇《ひし》めき、互いの身のうちに割入ろうと、粘液を泡立てながら、からだを寄せ合い絡ませ合っていた。どこまでが一つのうなぎでどこまでが別のうなぎかが判然とせず、じっと見つめていると、たくさんの目を持つ、一つのいきものが蠢《うごめ》き、こちらをそれぞれに見返してくる。

私は久間さんに瑛子の話を引き出され続けていた。どこまでも解かれていくことの焦燥に似た陶酔がなかったと言えば嘘になるが、共犯めいた気持ちは少しもなかった。私は私なりに抵抗していたし、言えないことはきっぱりと拒否した。しかし言えないことがあるということは言えることがあることを示していたし、回答の拒否もまた一つの回答でしかないことは私もわかっていたし、私がわかっていることを久間さんもわかっていた。屋敷では沈黙も暗闇も、腹立たしいほどに遅々として進まない時間の流れも、すべてが久間さんの側にあった。私が久間さんに瑛子のことを話す一方、瑛子には久間さんのことを話さないのも、関係の傾きを強める方向に働いていた。屋敷からようやく帰ることができても、久間さんの瑛子に対する想像がまつわりつき、それをことばにせず想像だけに保っておくことにくたびれ、また屋敷で久間さんの前に座り話に耳を傾けると、ずっと疑っていた病名を医師に診断された人のようにかえって安堵して、ただ長い話の途中で席を立っていただけのような気さえするのだった。

「あなたがいないときまた電話が架かってきたの」瑛子は掴んだ手の内からぬらつきながら抜け出そうとするうなぎの胸鰭を、錐で突き刺してまな板に固定した。

受話器をとると、相手は名も名乗らず、話の続きのように、さっきまでの通話がふいに切れてかけなおしたみたいに、淀みなく話し始めたという。それもどこか宥《なだ》め励ますような口調だった。焦ることはない。焦ってこちらから姿勢を崩して赴こうたって、かえって足がついてこない。影が地面にしがみついて、足元がおろそかになる。それよりは待つことだ。止まった時計のように、時宜が来るのをただ待てばいい。時間が針に追いつけば、いくらでもその一瞬は引きのばせる。こっちは停まっているんだから自明なことだ。からきしずれているようで、どこかしらこちらの事情に通じたようなことをいう。一瞬瑛子は旧い知り合いかしらと思って、だけどこの番号を誰にも教えたことはない、ひょっとすると私と瑛子の共通の知り合いかと几帳面にも記憶を手繰った、その微かな退きに乗じられ、

「もしかして、瑛子さんかな」と、問いを挿し込まれた。「ああ失敬失敬。確かにこの時間は彼はまだ職場だな」

まだ四時を過ぎたところだった。

「だけど役場も厳しくなったよ。昔だったらもうこの時間には窓口は閉めて、家に帰っていたし、そもそも勤務時間だってみなしょっちゅう家に帰っていた」声が俄《にわか》に太く、横柄なよ

うになった。「いや、ひょっとしてまだ中抜けはよくあるのかな?」

「いいえ、少なくとも彼はそんなことは一度も」

「私だったらしょっちゅう帰るだろうがね。そもそも宿舎だって全く職場でないともいえまい。こんな風に電話だってかかってくるわけだし」声には相手にもそれを強いるような笑いが含まれていた。「彼は君のことが心配じゃないのかな。どうも執着の薄そうなところがあるからね」

「何か急ぎの御用件があったんですか」瑛子は努めて突き放すように訊いた。「もしご伝言があれば」

「なに、急ぎというほどのことじゃない。ただ……ああ、そう言えば鮎はどうだったかな?」

瑛子は礼を言った。「でも十分いただいたのでほんとうにけっこうです」

「まだ十分じゃない」声は笑った。「君は君の中の水を少しずつ入れ替えなくちゃいけない。それに鮎は美味しかっただろう?」

「とても美味しかったです」

「そうだろう。ここの鮎はもともと朝廷にも献上されていたからね」瑛子はいつの間にか男の声が、ずいぶん若返っている気がした。「昔はここらの水だって御所まで引かれていた。

だけど水路はいつだって変わるものだ。違う流路を遡れば当然源も変わりうる――君は昔大原に、もう一つの源を訪れたことがあったんだろう」

「ええ。でもどうして」

「なに、彼が教えてくれたんだ。君はそこでも鮎を食べた」

「とても美味しかったです」

「そしてとても美しい石をひろった」

「でも失くしてしまいました」

「でもまた拾うかもしれない」男の声は既に情を通じたような甘さを帯びている。「大原には惟喬親王の墓があるのは知ってる？」

いいえ、とだけニュアンスを抜いて答えた瑛子にかまわず、男は、

「だけどそれだって宮内庁が定めたものにすぎない。当然だが墓の場所には諸説がある」と続けた。「我々はどうしたって、一本筋の因果の先に墓があると思いたがる。でも本当はそうじゃない。いつだって繋ぎ変えは起こりうるし、その度に源さえも変わりうる。なにひとつ正統じゃないんだ――だからひょっとすると、君が大原で失くした石を、ここで拾うことだってあるかもしれない」

男は自分が電話を架けたことは彼には秘密にしてくれと言った。「約束だよ」

「それから電話はかかってきてない」瑛子は目打ちしたうなぎの黄色みがかった腹を片っ端からびいっと小気味いい音を立てて裂き、静まったからだからまろびでたピンク色のはらわたを、引きちぎっては摘出した腫瘍のように銀のトレィに載せていく。「だけど寝てるとやっぱり遠くで電話が鳴ってる気がするの」

冷凍したうなぎをすべて食べ終えた頃、低く垂れこめた青灰色の雲がやってきて、町ぜんたいがとっぷりと影に覆われた。雨と霧に包まれた背後の山々は水墨画のようにぼうっと滲み、その滲みが染み出したような川の流れは日に日に濁って太くなり、町のどてっぱらを貫いていく。雨脚が強くなると、雨音と川音が混じり合って、外では会話もままならない。こんな雨ではたとえ誰かが叫んだところで声はどこにも届きはしないと思うと、自分がその誰かになってやろうかと気持ちが騒ぐこともある。無論叫びはしない。ただ耳を澄ませている。

雨は世界に浮いているものをことごとく地面に叩きつけようとしているかのように、容赦なく降り続けた。その年は数年ぶりの大雨で、ひどい日には川の増水で用水路が溢れ、いくつかの橋が落とされた。住民から役所に苦情の投書があったが、記録を調べてみると落ちた橋のすべてが占有許可を受けていない私設の通路橋だったので、復旧は行われなかった。後日実際に現場に足を運ぶと、齧《かじ》りとられたように橋の根元だけが残っていて、その影でひっそりと群生していたあやめが、自らの堪え性が弄ばれるのを見せつけるように、増水した流れに身を揉まれていた。

私の不在時には、瑛子は資料を読むことが増えているみたいだった。私は瑛子には久間さんの話をしないようにはしていたが、器から水が溢れるように、ふと久間さんから聞かされた伝承や縁起を話すことがあった。というより話をして、後になって資料にあたるとどこにもそんな話が載っておらず、それが久間さんから聞かされたことだと気が付くことがしばしばあったのである。瑛子はそんな話にもつくづくと、聞くよりは眺めるような顔つきで添い、時には私が話し終えたのを、長い精を出しつくした後をいたわるように継いでいく。

瑛子の話は時に業平や惟喬親王の内面にまで及び、三人称と一人称が曖昧になり、そのくせ口ぶりは淀みなく、瞳は内に沈んで覚えに放たれていく。資料にもないことをどこで知ったのかと訊くと、

「ネットかしら」とこだわりのない調子で言う。「もしかしたら誰かから聞いたのかも」

「誰かって?」

瑛子はいくつかの名前をあげた。木田さんのように私の知っている名前もあったが、そうでない名前もあった。瑛子は少しずつこの集落で知己を増やしているみたいだった。「でも顔と名前があまり一致しないの」

瑛子は雨の日は隣町のスーパーへバスで通っている。バス停やバスの中で見知らぬ人に話しかけられることがある。口調は既に旧い知り合いのようで、出自やこちらでの暮らしぶりから始まって、新しくやってきた職員とはもう籍を入れているのかとか、子どもはいつつくるのかとか、あれこれと立ち入ったことを訊いてくる。その場しのぎのつもりで愛想よく答えていると、別の場面で別の人が、その答えを引き受けて、また問いを継ぎ、あるいはそれまでの経緯を先行詞にした上に、脈絡を掴もうとした途端にすり抜けていくような連想を、伝聞や経験の境も曖昧なまま繋いでいく。別段こちらの方で整理はしないものだから、顔だけ知っているものや名前だけ知っているものが混じり合って、一つの長い会話の中で、席を外す度相手の名前と顔が入れ替わっていくような気さえする。

それは小さな集落の宿命で、宿命というのが大げさであれば単に習いと言ってもいい。しかし私は小児の生真面目さを帯びた不愉快を覚えた。集落の人間の不躾《ぶしつけ》さに対してもそうだったし、瑛子の無防備さに対してもそうだった。

あるいはそれは結局のところ、私に決して応じようとはしない彼女に対する焦慮が、かたちを変えたものにすぎないのかもしれなかった。激しい雨の中では家は蚊帳《かや》を吊るされたように世界から切り離され、互いに話すことが尽き、無言で向き合っていると、少しずつ秒針の間隔が間遠になっていく。それでも私が椅子に自らを押さえつけていたのは、認めたくはなかったが久間さんの挑発に対する抗いだったのかもしれない。

「赤ん坊でもいればいいのかもしれないわね」と瑛子は言ったが、やはり応じはせず、床に就くとすぐに深く静かな寝息が糸をひいた。私は寝返りの数ばかりがむやみに増えた。

日に日に顔が強張って、頬が落ちていく。雨の中切り離された家の中で、自分を確固と位置付けることができず、瑛子が何をするにも衒《てら》いがないのと反対に、こちらは何をするにも恣意が匂って、むやみにしかつめらしく滞る。屋根の下を歩いて、足が揃う。動作を継ぐのに惑いがうまれる。たよりどころを求めて、時計の音や、冷蔵庫の音、そうして水の音に同調しかけ、あやうく意識を引き戻す。家の中を歩いているのに、引き返す足がなくなるのをおそれている。雨音の向こうで誰かが叫び出すのを待ちかねている。

一日だけ晴れ間が、一つ目のように覗いたことがあった。空気は肌にからみつくような粘りを帯びていたが、陽射しは容赦なく降り注いでいた。その日久間さんは妙に機嫌がよかった。昔語りや引用が増え、話が逸れ続けているのに、流れが淀まず太くなっていく。久間さんは惟喬親王がこの地に隠棲する前の渚の院での饗宴の日々について語り、歌まで詠んでみせた。その段に久間さんが触れるのは初めてではなかったが、無論私は覚えがあることをおくびにも出さないよう気を張った。久間さんの機嫌のよさには薄氷を思わせる鋭さと危うさがあって、こちらも普段よりも神経を使ってしまい、それを察してますます久間さんは機嫌をよくし、歌の意味や背景について問うて私が答えるとおだてたり、答えられずにいると挑発したりして、薄氷にひびを入れる言動を誘いだそうとするのだった。気をとられていると外を流れる冴え冴えとした水の音が、雨の音に聞こえだし、近づいたり遠のいたりを繰り返し、いつの間にかそちらに気をとられている。

「女王は今日も眠ってるのかな」

「どうでしょうか」

「電話でもしてみるか」

「無礼を承知で申し上げますが、もう瑛子へ電話するのはやめてください。彼女はこの前の電話も困惑していました。いえ、この際だからはっきり言っておきますが、非常に気味悪がっていました」

久間さんは閉め切った障子を見つめていた。

「雨でも降っているのかな」

天井には障子を透かして反射した水の紋様が揺れていて、庭の池の水面に陽があたっているはずだったが、久間さんの一言で、私は確実にそうだとも思えなくなった。

「ということは、彼女は約束を破ったわけだ……まあいい、話を戻そう。何の話をしていたんだったかな」

「惟喬親王の渚の院の話です」

「そうだった、そうだった」久間さんはますます機嫌のいい口ぶりになり、眉をあげた。「それで親王は有常と業平を共にして、酒を飲んでぶらついているうち、天の河というところに至って、これは今の枚方市のあたりとされている。そこでまた歌を……」

久間さんは急に怪訝そうに黙り込んだ。「誰か外で歌ってないか？」

「水の音じゃありませんか？」

久間さんは耳を張りつめている。「ちょっと外を見てくるから、待っていてくれ」

久間さんは携帯を机に置いたまま席を外した。一五分がすぎ、また瑛子に架電しているのかと思い、廊下に出たが、柱に備え付けられた固定電話のまわりには人影もない。再び客間に戻っても久間さんの姿はない。三〇分が過ぎて、そこからはその三〇分が過ぎたのと同じくらいの速さで二時間が過ぎた。外の水の音が水位をあげていき、部屋がその底にどこまでも沈められていくのに耐えられなくなり、私は屋敷の中を歩き始めた。屋敷の中は広く整然としていた。床は濡れたように磨き上げられていて、皿や掛け軸や箪笥や和紙のスタンドライトなどの調度品は埃一つ被っていない。ひやりとした渡り廊下を歩くと、明るい庭が見えた。外は晴れていた。しかし渡り廊下が尽き、また外が見えなくなって、水の音だけが聞こえるようになると、やはり雨の音に聞こえてくる。こんな広い屋敷にひとりで住んでいるのだろうか？　空間が余っているというのとは違う。いくら歩いても、何かの中にいるという感覚が少しも起こらず、ただその都度その都度、枠に遮られるにすぎず、全体が像を結ばない。久間さんの背を探しているうち、どこかの曲がり角か、向かいの渡り廊下に、数分前の、あるいは数分後の自分の背がよぎりそうな気配がして、つい後ろを振り返りたくなる――ふいに私は瑛子のこと思い出した。想像のもやが一本筋を成して彼女に及ぶより先に、私は電話をかけていた。瑛子は電話に出ない。私は屋敷を出ると、次第に坂の傾きに自らを沿わせるように駆けだしていた。

寝室の畳の上で、瑛子は眠っていた。冷房もかかっていない部屋には深い眠りを貪る女の生暖かい匂いがこもっていて、揺り起こす際に触れた瑛子の肌はじっとりと汗ばみながら弛緩していた。

「あなた叫んでた」瑛子は粘ついた糸をひいてるみたいにゆっくりと背中を畳から剥がし、問いかうわごとかも不分明な口ぶりで呟いた。

「おれが？」私は安堵を先取りして笑った。「自分の唸り声じゃないのか。それだけぐっすり寝てたら感じ分けもつかないだろ」

「そうなのかもしれない」瑛子は夢の鈍い諦観の名残を宿した瞳で私を見つめた。「いつから帰ってたの」

「おれがいない間、誰もうちに来なかった？」

相手の沈みに寄りかかる直截さで訊いてから、ずいぶん物騒なことを言っていると、自分で訝しんだ。

「久間さんから電話があったわ」瑛子はしなやかに髪をかき上げ内外の空気圧を調整するように伸びをし、濃く淀んだ匂いがいっそう膨らんだ。「今からあなたが屋敷に来るから、私も来ないかって」

久間さんは、今日は祭りのことで込み入った話になるから、ぜひ瑛子にも来てもらいたいと言う。なぜひとの職場の話し合いに自分が行かなければならないのかと訊くと、これは無論業務内のことではあるが、同時に集落全体にかかわる問題でもあるから、彼のパートナーとして来るのが嫌なら集落のいち住人として来てほしい、このような重要な引継ぎには第三者の目が必要なのだと、内容が曖昧なだけにかえって電話越しの声は粘って、そのくせ口ぶりは悠然として、聞いているとこちらの方が何かを頼み込んで、宥められているような錯覚さえ匂ってくる。「もし君が望むならこちらが出向いてもいいんだ」

「でも私今日は用事があるんです」

「どんな？」

瑛子は間を置けなくなって、

「散策です」と言った。「今から外に行くんです」

「槌の子でも探すのかね」

瑛子は答えなかった。何を言ってもその答えを唆《そそのか》されたことになる気がした。

「あるいは、それを探しているうちに、別のものを見つけるかもしれない。大原で君が失くしてしまった美しい石なんかをね」

瑛子は家を出た。暗く粘りつく想像を振り払うつもりで出たのだが、しばらく歩いて外の明るさを浴びていると、ふと太陽の光線の眩しさに眼底をくすぐられ、誘い出されるようにして家を出た気がした。瑛子は川を遡った。厳密には川ではなく川沿いを遡ったのだが、ずっと水の音の傍らにいると、ほんとうに川を遡っている気がしてくる。勾配は急になったりゆるやかになったりするが、そのまま心の傾きにしないようにと、からだを反らし気味にし、つむじと天のつりあいを保つつもりで歩いていく。彼女は手ぶらで身軽だったが、虚ろではなく、むしろ今までにないほど、独りで歩くことの充実を感じていた。槌の子探しという、決して果たされぬ目的を携えているせいで、足取りにはかえってもう目的を果たした人のような軽さがあり、次の一歩で立ち竦《すく》むおそれもない。

さんずいのようにいつも傍らにある水面は、浅いところで神経症のように間断なく鮮明にきらめき、淵では夢のように混濁しゆるやかな淀みになる。水辺にはすっくと伸びた青紫のあやめが群生し、その整然とした佇まいの底には妙に身持ちの悪そうな、しかもそのことに十分に自覚的で、誘われてきた相手をあやまたずとりこもうとしているような、いかにも淫靡なところがある。

瑛子は、赤ん坊でも流れてくればいいのに、と歩きながら考えた。もし流れて来れば、その赤ん坊は他ならぬ自分が産んだ赤ん坊であるに違いない、という思いが、陽気の健全さに促され、すくすくと身の内で育っていく。実際、その思いがある一定の、かけがえのない実質を伴ったとき、腹の中で何かが蠢いた気さえした。無論妄想にすぎないことはわかっていた。彼女はいつでも完璧な避妊を行ってきたのだ。だとすればその妄想の種はいったい誰に仕込まれたのか。

いつしか水面に風に揺れる木の葉の影がざわめいている。あたりは頭から地面に突き刺って、それでもなお成長という唯一のドグマを果たそうとして、下半身ばかりを伸ばし始め、案外その新しい成長の仕方になじんでしまい自分の頭が地面に植わっていることを忘れてしまった樹々たちで囲まれていて、そういう樹々たちはもし自分の枝で首をくくろうとするものが現れれば、ほんらいの向き・ほんらいの上下というものを再考するのだろうか、それともただ愉快そうに枝を揺らして男の人がおしっこをし終えてペニスを振る際の、自らの可憐さに密かに浸るようなやり方で、失禁した屍のしずくを切ろうとするのだろうかと、のぼりを歩いている人の散漫と独善で、そんなとりとめのないことを、うつらうつらと考えもした。

樹々はまたこれ見よがしの確信のような太い幹と、持て余してたわむれにとったポーズが思わぬタイミングで固定されてしまったような枝葉で、明らかに何かを隠そうと企んでいて、その企みは樹々全体、森全体に共有されていて、侵入者がその秘密を追おうとすると、秘密はいつまでも樹々の連帯の背後に後退していき、いつの間にか侵入者は森の奥深くに誘われている。秘密はいつまでも明かされない——まるで歌のようだと彼女は思った。侵入者はただ歌に身を任せ、歌か自分かどちらかを忘れてしまうだけでいい。歌を忘れれば歌を生きることになり、自分を忘れれば歌になるだけのことである。

瑛子は少しも道に迷わなかった。目的だけがあって目的地がない以上、選んだ歩の一つ一つが、背後へ遠のいていったものからだんだんとかがやくような正しさを帯びていく。遠い歩との繋がりを感じているというより、歩を進める度自らのからだが粘りを帯びて延べられていき、かえって後ろへ後ろへ影が伸びるように、踏み出す足が名残惜しくなっていく。瑛子は次第にいつか同じ道を歩いたことがあるような気がしてきた。幼い頃あの美しい石を拾ったのは大原ではなくこちらだったのではないかという気さえした。湿った土の匂いや、肌にまつわりつくようなしっとりとした空気や、足を踏み出すごと絶え間なく更新されていく樹々が成す複雑な図形の、何もかもが懐かしかった。

　雲が出て、陽が裏側にこもってしまうと、木の葉の影は水中に沈み、雲が去っていくと、再び影は水面にくっきりと浮かび上がってくる。陽の光は確実に弱まっていた。渓流は遡るほどに清くなり、水面は水底に敷き詰められた岩たちを反映して鱗のように細かなさざ波で覆われ、身をよじって蛇行する川の流れそのものが一匹の果てしなく長い生きもののように思えてくる。そこに象徴を見た古人の心性にまでは、遡るまでもない。流れの傍らにあるのは同じことだ。賢《さか》しらな手続きをあいだに挟めば、遠ざけたつもりでかえって目の届かぬところで畏れは大きくなる。畏れ？　彼女は自分がそんな殊勝な思いを孕んだことに驚き、あるいは孕まされたのではないかと訝しみ、自然に緩んだ歩につられほんらいの目的を思い出そうとあたりを見回すと、かえってものが目に映らず、そのくせものの影も過ぎ去らない心地がして、どうしてこう何もかもが長閑《のどか》なのかと思いなすうち、けものの長い胴体が木立の裏にまたがっているのが、見送った後から意識に浮かび上がった。しかしやはりその顔は見えず、あっという間に逃れ去り、入り組んだ樹々の奥深くにまぎれた後で、引きずり出された視線だけが揺曳してしまう。焦点を手前に戻そうとしても、意識が森全体に広がり出ようとして、視線が奥へ奥へもぐりこんでいき、からだが遅れてついてくる。もう少しで意識にからだが置き去りにされてしまうところで、急にそれまでのけもの道の先に、ひっそりと苔むした細い階段があらわれ、視線ははや階段をかけあがり、寺院のだらしなく開かれた門の前で立ち止り、重い荷を背負った従者が追い付くのを苛立たし気に待つように、彼女のからだを待った。

彼女がからだを伴って門の前に立ったとき、久しぶりに頭上が抜けて、陽が無数の光の尾をくらげの足のように引きながら彼方に退きつつあって、暗がりが天頂を領し、ひろびろとくつろいだ調子で降り始めているのに気が付いた。彼女は少しも気後れのない足取りで門の内に足を踏み入れていく。境内は無人で、地面だけが切断されたばかりの生々しい地層の断面のように朱みがさしている。あちこちでしゃくなげの淡い花の、その淡さが浮かんでいる。呆けた人の美しい幼年時代の記憶を思わせるこの花は、その淡さとは対照的に地縛霊のように依怙地にこの世に咲きとどまっている風にも見えた。しばらく水の音のする方に歩を進めると、門を迂回した川が再び眼前に現れた。

生ぬるく色あせた陽の光を受けて水面は鈍くめまぐるしくきらめき、寺院の奥、山をのぼる階段の脇へと続いている。水はそこから発しているのだ。立ち上ってくる物狂わしい思いに、彼女に先んじて身もだえするように、また腹の中で何かが蠢いた気がした。

再び傾斜をのぼっていくと、ふと川沿いにまだあやめが咲いていることに気が付いた。この青さが目には映じても意識に映じなくなっていたということは、顔のない誰かの声がつげているように、自分は真にこの町の住人に成りかけているのかもしれない、いやひょっとしたらこの場合に限っては鳴りかけているといったほうが近いのかもしれない、という夢想めいた考えにつま先が小石を蹴るように突き当たり、転がった小石が暗い水に落ちて波紋を描いたとき、目の前にはぽっかりと暗く丸い口を開けた、仰ぎ見るような、崩れかけ覆いかぶさろうとしてまさにその瞬間に静止したような、巨きな岩山があらわれた。岩山の頭上には苔むした巨岩が敷き詰められた渓流が、山の深部に向かってまだ続いている。そこから視線を戻してみると、洞窟の入り口は誰かが渓流を断ち切って、その傷口がまだ生々しく開き、透明な血がとめどなく流れだしているかのようである。

天井からは無数の支柱が垂れ落ちつつ静止していて、その鋭い先端からは染み出した水がしたたり落ち、洞窟から流れ出てくる水音と混じり、雨のような音を響かせている。流れに沿って設けられた小さな階段をあがり、内部に足を踏み入れると、からだがすっぽりと暗闇に包まれ、たちまちひんやりとした湿気が肌に貼りついた。水の浸食を受け入れ自ら親しんできた岩肌の、なしくずし的な諦観を帯びた匂いが不思議なかろやかさで満ちている。

瑛子は透けいるように耳を開いて水の音を辿り、一歩ずつ慎重に足場を確かめながら、塗りこめた闇の奥にからだを運んでいく。時折ふと引き返したい気持ちも強まったが、その度すぐに、今まさに自分は引き返しているのではないか、という思いがそれ以上に強まり、足取りがいよいよ確かなものになる。

「それ以上はいけない」

暗闇に男の声が囁いた。入り組んだ地形のせいだろう、声は複雑に反響し、何人かが同時に発したように聞こえた。瑛子はあたりに意識をめぐらしたが、水以外の気配は感じ取れない。

「その先は足場がない」とまた声が言った。

試みに体重を背後に残したまま次の一歩を置こうとすると、確かにあるべきはずのところに地面がない。自らの命の成り行きを気ままに扱える人の愉快さと乱暴さでつま先を何度か虚空に遊ばせてから、瑛子は足を引っ込めた。足元の小石を拾って投げ込んでみると、長い間があって、くぐもった水音が響いた。暗闇の中で淵の深さは彼女に畏れよりむしろ慰謝を抱かせた。

「私はここでずっと君を待ってたんだ」と声が言った。声はさっきとは違うところから発せられたように聞こえた。

「私は別にあなたのことなんか待ってない」瑛子は気ままにつぶやき、その声の反響に再び音叉のように揺さぶられ、じゃあ私はいったい誰を、何を待っていたんだろう、ともっと深いところでつぶやきなおした。

「じゃあ何をしにきたの」とまた別の場所から声が響いた。

答えられなければ、もっとあらわな答えを返すことになる、と向こうが考えていることは、彼女にも波紋として及んできていた。こころの動きが直に伝わりかねない闇の中では一つ一つのことばがいやに誓約じみ、この洞窟に足を踏み入れてから初めて彼女にためらいが生まれ、

「槌の子」と呟きが漏れたときには、安堵さえしていた。「栈敷ヶ岳の方に槌の子を探しに来たの」

「ふうん」さっきとはまた別の場所から声が響いた。話者は自分の周囲にとぐろを巻いてこちらを品定めしているみたいで、声を追って意識の芯がほどけていきそうになる。「君はあの山の名の由来を知ってるかね？」

「知らない」

「じゃあ覚えておくといい」声は自らのやわらかい部分を曝すように説いた。「あそこは皇位継承に敗れた惟喬親王が頂上に栈敷を構えて都を見下ろしていた場所だとされている。親王はどんな気持ちで都を眺めていたと思う？」

「知らない。私親王じゃないもの」

瑛子は相手が笑ったのがわかった。

「私はその目に都から、歴史から追放された恨みや妬みが籠っていたとは思わない。おそらくは世上の義理を果たして眺めの先に終のことまでがひとすじにかようものの、ただ遥かなやすらぎだけがあった」

暗闇に慣れたせいかすぐにその景色が浮かんだ。薄くたなびく千切れ雲の下に、如意ヶ岳や東山の群青の山影や、都の街並みが見える。胸が締め付けられるような懐かしさに意識を凝らせかけ、それこそが相手の狙いだという気がして、すぐに己をほどいて全身に均し、目を開いたが、この闇の中では目を瞑っているのと少しも変わらない。

「私も今同じ風景を見ていたよ」瑛子が目を開くのを待っていたように声は言った。「ここじゃ互いの想像に境などない――私が何を持っているかわかるかね?」

「知らない。私親王でもないし、あなたでもない」

「私は石を持っている」声は耳元で宥めつつ、戒めるように囁いた。「君が昔大原で、もう一つの源で失くしてしまった美しい石をね」

「そんなわけない」瑛子は言ってしまって、かえって相手の言を強くした気がした。言でしかなかったものが、握りこまれた手の中でかたちをもち、硬さをもち、重さをもち、闇の中で美しく色を成していく。

「手を出してごらん」

瑛子は両手をまっすぐに淵の上に差し出し、謀られていたことに、ここまでの散策の目的が既に書き換えられてしまったことに気づいたときには、もうひやりとする線が左右の手のひらに同時に走っていた。みるみるぬくいものが広がり出て、両手は思わず水を掬うかたちにあわされる。血の匂いが強く鼻をついた。手の隙間からこぼれた一滴一滴が、淵に落ちて水音になってかえってくる。「騙したのね」

「そんな石はどこにもない」声は瑛子を諌《いさ》め、案じさえしていた。「だけど今私が君につけたしるしは決して消えない」

声は途中から瑛子にではなく、水の下に向けられていた。

「この水の下には何がいるの?」

瑛子の声はよく響いた。しかし返事はなく、残響が闇の中に溶けていく。淵の底で何かが蠢く気配を感じた。自分が広大な闇そのものになって腹の内が蠢いているみたいにさえ感じられた。

「何も」声は闇をさらに深い闇で塗り替えるように響いた。「君は今自分の想像を覗き込んでいる。そのためにこんな遠くまで来たのだろう。君は知っていたし、もう知っている」

急に遠いところまで来たことのさみしさが、鋭く震える先端で突き付けられ、やわらかい袋に穴が開いて水が漏れ出してくる。さみしさはたちまち戻るべき場所への懐かしさにかわっていく。「私、知らない」

「でも知ることになる。知っていたことを思い出すことになる」闇が笑い声を遠く響かせた。

「今君は君の中の水を少しずつ入れ替えつつある」

「あなたにはわからない」

「わかるさ。君と私は同じ叫びに身を晒している」

「いいえ。私には何も聞こえてない」

「谷間に住んでいたらそのうちに響いてくる。あるいはもうとっくに響きが鳴りやんでいるのかもしれない。ただ余韻だけがいつまでも過ぎ去らない」

彼女は回転扉に背を預けるように反転し、耳を絞って水の流れていく方に、歩を進めていく。

「今日はもう遅い。桟敷ヶ岳はまた次の機会にした方がいい」と声は言った。「今度はこっちから迎えに行くよ」

洞窟を出るまで彼女は一度も振り返らなかった。手のひらに掬った水をこぼさぬようつとめる人の細心さで歩を選び、やがて視界の先にほのあかるい、青さに静まった夕闇があらわれた。地平線が赤く崩れていく陽を啜《すす》っていた。

瑛子の両の手のひらには一本の線が走っていて、暗闇の中でその線の先の繋がりを断ち切ろうとするように、私は彼女の両手を強く握っていた。ゆるく包み込んでいたつもりがいつしかそんな握り方になっていた。

いたい、と瑛子は言って、同じ口調で、わたし、あのひとがこわい、と言った。暗闇の中でも瑛子が遠くに目を張りつめているのがわかった。「あのひとは何も望んでない」

私は手のひらを緩めた。「ただ愉しんでるということ？」

「そうじゃない。あのひとはただ完全なの。だから望みもない。あそこであのひとと向かい合ってるとそれがわかったの」

「完全？」

「だってそうでしょ。完全な存在に目的なんかあり得ない。初めも終わりもない。永遠の過程だけがうねって、その皺が波紋みたいに、前へ後ろへ先送りされていくだけ。あるいは覚えになって送られてくる」

私は瑛子の言ってることがわからなかった。

「でもあのひとよりこわいものが私にはある」

なに、と訊いた自分の声が、いかにも硬く、虚ろに響いた。

「あなたを忘れること」瑛子の声には怯えはなく、刻々と願う静けさが底をうった。「あな

た の記憶が流路に取り残された水のように少しずつ乾いて、影も残らなくなること」

私は瑛子の揺らぎのなさに、決断の冷たい刃触りの予感を聞き分けぬよう、外の水の音に耳を傾けようとしたが、うまくできなかった。ただ暗い部屋の静けさだけがざわめいている。

「そうなってしまえば、今こうしていることもぜんぶが嘘になる。握っている手も、私もあなたもなくて、ほんとうはからっぽの部屋を雨が包んでいたことになる」

私は最も堅牢なものを握りつぶそうとして、できないことにかえって安堵する幼児の荒々しさで、瑛子の両手を強く握りしめ、

「そんなことにはならない」と言った。「今このときがなかったことになんて、決してならない」

瑛子は私を見つめていた。「だけど、もし初めからなかったのだとしたら?」


翌日私は所長に呼び出された。職員が三人しかいない部署で呼び出されたというのも奇妙ではあるが、朝挨拶をするなり、向こうに、

「後で話があるから来るように」と言われたので、やはり呼び出されたというのがしっくりくる。

久間さんから私が勝手に帰ったとの報告があったのだという。しかし私は昨日所長には既

にその旨報告していた。久間さんが二時間経っても戻ってこないので、屋敷を出たことも伝えていて、また翌日、つまりは今日こちらから改めて久間さんに電話することも伝えていたが、所長はまるで報告を受けていなかったみたいに、久間さんからの簡潔な報告だけを私に伝えた。後ろ暗さもなく、努めてすましてる風でもない、のっぺりとした顔つきで、文は人なりという説教臭い言葉があったが、この人の場合は顔が書面じみていた。役所ではよくあることだったから、私も腹は立てなかった。所長の前で私は電話を架けさせられた。

「君は約束を破ったね」久間さんは電話に出るなり言った。「もう私のところには来なくていい」

それで電話は切れた。しかし私は久間さんが本当に怒っているとは思えなかった。怒らせてしまったな、と所長は言ったが、所長も本当に思っているわけではないらしかった。ただ三者の間にその事実だけが留め置かれ、私は担当を外された。私はその日から家の固定電話の線を抜いた。

また長い雨が降りだした。木田さんが瓜を持ってきたので、おもむろに久間さんの話題を出したが、例のごとく歯を食いしばるような、何かを堪えているような笑顔で話を切り上げてしまった。その笑顔には普段と違うところは見受けられなかった。

瑛子は川を遡ったあの日以来、もの思いに耽ることが増えた。傍らにいても、あるいは何かを話していても、ふいに雨音に耳を澄ませ、こちらを閑却してしまう。視線は無防備に漂い出し、瞳は一途に見開かれたまま表情を失っていく。忘れ、散じていく。それで、と続きを促すと、むしろ驚いたような顔をする。話が済んでいたのである。

狩り暮らし　たなばたつめに　宿からむ　天の河原に　われは来にけり

瑛子は、透明な無為に耽った瞳で、節もなく口ずさんだ。私はかつて久間さんから聞かされた歌が瑛子の口をついて出たことに陰惨な驚きを覚えたが、悟られぬよう、

「業平だね」と努めて淡白に応じた。

「そう」瑛子は止んだ歌に耳を澄ませるように目を瞑った。

これは継承争いに敗れた惟喬親王が桜の花盛りに渚の院に遊んだときに詠んだ歌で、果てしない酒宴に敗残者の哀しみや自暴自棄を見てとる向きも多い。「だけど私はそうは思わない」

「跡目争いから撤退して、かえってせいせいしていたのかもしれない」と私が挑発に近い軽薄さで応じても、

「そうじゃない。そもそもそんな争い自体がなかったの」と自足の構えを崩さずゆったり

と目を開いて返した。「それはおそらく決裂というより単なる枝分かれのようなものだった。今まで一つだった権威の源泉と統治機構がそこで分かれたの。なぜそうなったのかはわからない。でもなぜということを考えること自体、無意味なこと。そう決まっていたのだし、そうであるし、そうだった。だけど統治機構はその性質上それを明らかにすることはできなかった。だから争いという体で押し通して、今に及んでいる。しかし実際は表と裏、前衛と後衛……言い方は何だってかまわない。惟喬親王はただ後ろ戸に隠れることを選んだ」

瑛子の夢遊の気を帯びた、そのくせ明晰な口ぶりに引き込まれ、

「支流に甘んじたということ？」と問うと、

「惟喬親王が？」と問い返して笑った。そうしてまた雨の音に耳を、目を澄ませていく。戒めを解いて、ほんの微かな起こりも潜めるように、全身を透け入らせていく。それが話の続きであるかのように。

私は瑛子がまた散策に行ってしまうことを禁じた。今度出かけてしまえば、ひたむきな足取りのまま、戻ってこない気がしたからである。私は資料もすべて職場に戻した。そこから久間さんに通じられてしまうのを恐れたからである。しかし瑛子の話は時折現在がはるかな伝承や縁起に結ばれ、解かれることなく、ふっつりと途絶え、

「どうしてそんな話になったんだろ」と放り出されてしまう。因果の間に私だけが留め置か

れる。

私が久間さんの屋敷に通わなくなっても、祭りの準備は着々と進んでいた。しばらくすると町の各戸の玄関や蔵にいかめしげな注連縄《しめなわ》が見られるようになった。これは祭りの日まで飾られ、最後は久間さんのもとに集められ、守刀で断ち切られて縛を解かれ、例の窟屋のある寺院で焚かれることになっているのだという。

祭りでは毎年一年目の職員は盆踊りのやぐらの上で簡単な挨拶をする決まりがあった。所長によれば過去にはそこでプロポーズをした職員もいるらしい。無論私はそんなことをする気はなかった。そもそも私は久間さんとの一件もあって、瑛子には祭りには来てほしくなかった。

「でも外が賑やかなときに籠って息をひそめてたら、かえって気持ちが張りつめちゃう気がするの」瑛子は決定を覆すことに慣れた人の、鷹揚で、けれども少しも曖昧さのない笑いを浮かべた。「それに私、あなたが何を話すか見たいわ」

いっそプロポーズをしてやろうか、と穏やかでない考えが浮かんだりもしたが、今そんな考えを弄んでる時点で、当日になってうわずった自分自身に出し抜かれる心配はないのだから、と依怙地な安心に浸って、瑛子や鏡の前でも厚く鈍い顔を保ち続けた。

祭りの当日も朝から雨が降っていたが、夕方には止んだ。陽が沈み出すと遠い空に青紫の帳《とばり》が降り、手前の山の端が赤らみ、ぽつぽつと夜店の黄色い灯りが輝き、灯りが滲んだ後から次々と人々の輪郭が浮かんでくる。今までどこの家々がこれほどの人をため込んでいたのかと驚くほどの人出があった。夜が深まると人々の足が木立のように入り乱れ、それぞれの輪郭も再びじめついた夜気に滲んでは茫漠と溶け、それでも喧騒だけは高まって雨上がりの土の匂いや川音に混じり合い、恍惚とした青い淀みを成していく。

私と瑛子ははぐれないよう手を繋ぎながら祭りを歩いた。どちらが進路や歩幅を定めていたのかはわからない。祭りの中を漂ううちに、群としての奔放な正しさを踏んでいる心持がし始め、静まったざわめきの中で、互いが互いに繋がれたまま、どちらともない足取りに運ばれていく。時折誰かが瑛子に声を掛けたりもしたが、瑛子は思い出せないのか、応答にもたつき、簡潔に切り上げようとするところで妙に粘ったりして、声を掛けた相手のほうが焦れったそうに強引に断ち切って去り、そんな会話が幾度も繰り返されるうち、瑛子のほうが釣りだされて放心したように視線を前方に漂わせ、そのくせ意識は瞳の内に沈め、黙り込んでしまう。

群が祭りの隅々まで満ち、喧騒が逃れ出る先を失うと、喧騒を背景にして充溢することそのものの静けさが立ち込めてくる。音が動きから剥がれ出す。背後に遠のき、しかし動きがせり出してくるわけでもない。釣りだされるように、次第にこちらの舌のありかが、瞬きの瞬間が、視線の置き所が恣意の匂いを帯びてくる。恣意は結ばれた先の、ものの動きや色にさえ及んでくる。しつこい訝りになる。赤い提灯が、次に赤い鼻緒が目についた。なぜ赤いのかと、ことばにしてみるともうとめどがない。すれちがう、仮面をつけた子供が手にぶら提げたビニール袋の中で悠然と赤い金魚が自身の色を剥がすように身をひるがえし、また行き過ぎて、どこかで燃え盛った赤い火が目に映って振り向いて、焦点は雑踏にほどけていく。こちらの歩みにも恣意が匂って、振り払おうと、自然意識は歩みが歩みで、赤が赤で必然であったところまで遡ろうとし、夢遊の気を帯びて、握りしめた手が、瑛子の手から私の手に向かっておぼつかなくなってくる。無数の瞳のように赤が浮かび上がっては尾を引いて流れ去っていく。やがて流れの向こうに鬼火のように小さな赤い火が灯り、溶け合った人々の輪郭が滲んで、葉巻を咥えた着流し姿の男が浮かび上がった。

「よく来たね」

久間さんが呟くと、握った手の内から瑛子の、みぞおちからせりあがってくる震えが伝わった。瑛子の手のひらが覚えている青白い刃の冷たさの波紋が、私にも及んでくる。

着流し姿で足の運びがわからなかったせいか、気づけば久間さんは我々の目の前に立っている。人々は我々がいる空間そのものに気づいていないみたいに周りを回遊し、差出人も宛先も不明瞭なことばを、置き去りにしていく。

「もうすぐ盆踊りがあるから、君にはその途中でやぐらにあがってもらう」

久間さんは私に先日の非礼を詫びる暇も与えず、

「なに、簡単なものでいいんだ」と続けた。「それが終わったら彼女と家に戻ってゆっくり休んだらいい。祭りはからだが火照るからね」

久間さんは薄い唇の端にねばつく笑いを浮かべ、我々の握り合った手の上に手刀を軽く置いた。瑛子の手はするりと私の手の内から脱けた。彼女の手を追いかけて握りしめようとした手はかわされ、私は空を、堅いものでも握りつぶそうとして、しかし本当のところは握りつぶすことをおそれているみたいに握った。久間さんは凝った笑みを微かに深め、骨ばった手を私の手に影のように添えた。

「さあおいで。僕はずっと君を待っていたんだ」

声は私ではなく瑛子に向けられていた。久間さんの手は冷やりとしていて、その声と同じくらい有無を言わせぬ感じがあった。私はその影を振りほどくことはできなかった。

「龍の話だ」久間さんは煙を吐き、身の内の静けさを漂わせた。「そうして無論想像の話だ」

薄闇の中で、久間さんの輪郭の影は一層濃く浮かんでいる。意識を集めていないと自分が屋敷の中にいることを忘れてしまいそうだった。

「君は龍を見たことがあるか？」

私は首を振った。「いいえ」

「見たことがないのに、なぜ見たことがないと言い切れる？」

私は考えに沈みこみかけ、やめた。「自分が見てきたものの中に、想像と一致するものがなかったからです」

「君の想像を聞かせて欲しい」

「まず思い浮かべるのは蛇のように長く鱗に覆われた胴体です。その胴体から生えた脚には猛禽類のような爪があって……」私は久間さんが笑っていることに気づいた。薄闇の中でもはっきりわかるぐらい、唇には侮蔑が浮かんでいる。「面白いですか？」

「それは形体についての情報でしかないね」

「ならばあなたは？　あなたの想像を聞かせてください」

「知らない。私は君の教師じゃない」久間さんは倦んだ瞳を宙に漂わせた。「それに私はそれを想像できない。余地がない。君は天の河の長さを知ってるか？」

「いえ」

「天の河銀河の直径は一〇万光年、太陽系から天の河銀河の中心までは二・八万光年だ。しかしそれもまた情報でしかない。想像と情報はまるで異なるものだ」久間さんは埒《らち》が明かない会話に泥《なず》んだ人の倦怠でため息をついた。「あまりに長いものは、その長さを認識できない。自分がその中にいる場合は特にそうだ。我々が天の河を見上げるとき、自らもその中にいることは、その全体をとらえることをとても難しくする。時間も同じだ。時間の初めから終わりまで我々のからだは伸び続けている。しかしその同一性は誰も真面目に受け取っていない。だからこそ、誰もが振り返ることができる。過去の自分を振り返るという言い方があるだろう？　ほんらい同じからだであれば、振り返ってもそこには誰もいないはずだ。何もないはずだ」

「龍の話じゃありませんでした？」

「そう結論を急いじゃいけない」久間さんは私を見た。「君は今回の異動は誰が命じたんだと思う？」

「人事でしょう」

「その人事には誰が？」

「あるとすれば局長や副市長、あるいは市長でしょう」

「その上は？」

「形式的には中央省庁ということになるでしょう」

「その上は？」

私は答えなかった。

「あるいは君はあの池のあやめを見ただろう」久間さんは顎で青い障子を指した。「実はあれは特別な種でね」

「ナスヒオウギアヤメですか」

久間さんは呆れたように眉を上げた。

「君は相変わらずよく調べているね」

「ここにも下賜されたんですね」

「下賜？　君は因果を取り違えるのも相変わらずだな」薄闇の中で久間さんの笑みが静かに深まっていく。「君は今回の譲位についてどう思うかね？」

「龍の話じゃありませんでしたか？」

「そうだよ」久間さんは目を細め暗い光を溜めた。「ずっと前から私はその話しかしていない」

私はそれ以上問い返すことができなかった。

狩り暮らし　たなばたつめに　宿からむ　天の河原に　われは来にけり

「私は業平のこの歌を比喩だとは思わない」久間さんは倦んだ瞳のまま呟いた。「業平は惟喬親王の風景を見たんだ。本当の天の河をね」

やぐらは校庭の真ん中に、宇宙から唐突に降り立ったみたいに、自らを抱え込んでいた。やぐらの四隅に向かって黄色い提灯が斜めにたわみながら連なり伸び、茫洋とした蒸し暑い夜の底で一つの焦点を担っている。人々はその光に吸い寄せられ、ゆるやかな統率に巻き込まれやぐらの周りを踊り始めるものたちもいるし、ぼんやりとした恍惚を浮かべて眺め、手だけで調子を合わせるものたちもいる。

私は久間さんの後をついて、踊りの円を抜け、やぐらの上に登った。マイクを渡されると、音楽がとまり、人々の踊りもとまった。人々はいっせいにやぐらを見上げた。その中には瑛子の顔もあった。瑛子は群衆の水面から顔を出そうとしていて、支えになっているうなじの強靭さが、見えていないにもかかわらず今までになく強く感じられた。

壇上で何を話したかはよく覚えていない。一分ほどの自己紹介のあいだ、自分の声がどんどん遠のき、瑛子の顔が群衆から浮かび上がってきて、その裏側でうなじも強靭さをましていく。私も支えられたがっているのか前のめりになって、ますますことばは置き去りにされ、ああ、プロポーズとはあんがいこんな風にことばが置き去りにされて、どちらが釣りだされたのかもわからぬままに通じ合ってしまい、遅れたことばが身を投げるようにして無理に追いつこうと、口をついて出るのかもしれないと考えたときには発した声と自分自身を微かに結んでいたものがふっつりと切れかけ、やぐらの明かりが落ち校庭全体が深い闇の底に沈んだ。

小さなささやきが泡のようにふつふつとあちこちで浮き上がっては弾け、それらを束ねる動きが出始め、苛立たし気に靴の底が砂をざらつかせる音や、微かな嬌声が入り混じり、一段と大きいざわめきが根元を失ってせりあがってくる中で、どれくらいの時間が経ったのか、また黄色い提灯の明かりがいっせいに灯って、ざわめきが遠のく戦慄と共に人々の顔が浮かび上がった。どこを探しても瑛子の顔はなかった。

電話はつながらず、家に戻っても瑛子の姿はなかった。庭や二階はもちろん、トイレも浴槽もクローゼットもベッドの下ものぞいてみたが瑛子の姿はない。洗面所で洗濯機を開け、キッチンで冷蔵庫と冷凍庫を順々に開けたとき、足裏に冷やりとするものを感じた。シンク下の収納から水が一筋流れ出し、フローリングの溝を伝い、私の足裏の下を抜け、反対の壁際のゴミ箱の下に潜り込んでいる。シンク下を開けると、胸がわるくなるような甘ったるい匂いが漂った。いつもらったものか、大きな瓜が放ったらかされているうちに熟しきってひとりでに裂け、覗いた青い果肉から汁が陰気に滴り伝っている。戯れのいじけで始まったろうものが、暗所で自傷の匂いを帯びるまでに深く籠って膨らんで、ついには我が身を裂いたといった風だ。私は逡巡したが、固定電話の線を繋いだ。けたたましくベルが鳴った。

「私の屋敷に来る気になったろう」

電話の向こうで、久間さんの声は虚ろな空間に響いていた。互いが一つの流れの過程にいることをことさらに知らしめるように、水の音が電話の向こうでもこちらでも聞こえている。

「瑛子の居場所を知ってるんですね」

「来ればわかるかもしれない」

沈黙が流れの水位をあげた。

「今から行くので、待っていてください」

「いくらでも」久間さんは生温い親しみを込めて言った。「私が今までどれだけ待っていたと思ってるんだい」


既に祭りの喧騒はやんでいた。集落の中心部に降りても、夜の底が抜けて明かりが吸い込まれたように闇が息をつめて蟠《わだかま》り、人の気配もない。ただ水の音だけが足元を這い広がっている。水辺のあやめたちは己をもてあますようにことごとく青い花を開き、夜気の涼しさに緩んでいる。坂を行く足取りは何かを引きずっているかのように、あるいは何かに引きずられているかのように重たるい。薄闇の中、からだの輪郭があいまいになって、関節がほどけていきそうになる。

久間さんは坂の上で屋敷を背に立っていた。暗闇の中で葉巻の赤い火が、夜そのものの一つ目のように灯《とも》り、うっすらと久間さんの顔が浮かんでいる。

「よく来たね」

久間さんの声は愉悦に浸った確信に満ちていた。私は傾斜をそのままこころの傾きにしないよう、背筋を立て慎重に歩を進めた。久間さんは私が登りきる前にもう背を向けて、門の内へはいっていく。私は歩を早めた。

「祭りは楽しめたかい」

私が靴を脱いでいるあいだに、久間さんは後を顧みず、既に暗い廊下を歩き始めている。少し丸まった背中は左右に揺れながらも、暗がりの中に冷ややかな芯を鋭く保っている。

「祭りなんてどこも同じようなものです」

私は呑まれないよう、精一杯語気を強めたつもりだったが、声にはまるで張りがなく、口調はぎこちない。

「祭る方はそうかもしれない」久間さんが歩を進めるたび、着流しの裾がゆれ、床の軋《きし》みが水音に混じる。「でも祭られるものには違いがある。この町では何が祭られているか君は知ってるか？」

「水神でしょう」

「そう、つまりは龍のことだ」久間さんは葉巻を吸い、煙をゆっくりと吐いて後に残した。渡り廊下の足元には斜めに裁たれた提灯が等間隔に配置され、柔らかい光を抱え込んでいる。

「君は龍という生き物についてどれくらい知っている？」

「前にも同じようなことをお聞きになりましたね」

「そうだったかな」軒から雫が落ちるほどの間があった。「近頃は物覚えが悪くてね。まあことの経緯を踏まえたって、踏み外したってかまわない。それが新たな経緯になるだけだ。私が席を外し、君が帰ってしまい、けれども結局は今こうして我々がまた話しているみたいにね」

「その節は」と私が言いかけたのを、

「いやいい、いい」と遮った。「長い話の間に席を立つのはままあることさ。それより話を戻そう。君はどれくらい知っている？」

「別段何も。想像上の生物で、洋の東西を問わず、神話や伝説によく登場するということぐらいしか」

「そう、あくまで龍は想像上の生物とされている。しかし逆に言えば人々の想像の中には存在していて、しかも昔から世界中でかなりの程度イメージが共有されていた。伝説上の生物でこれほど普遍性をもつものは少ない」久間さんはいつもの客間に入ると、灯りもつけず、床の間の前の座椅子に腰掛けた。途端にはるばる歩いてきた人の、荒涼とした倦怠が濃く匂い出した。「だけど不思議じゃないかね。当り前だが地域や時代が変われば名前も変わる。そのイメージだって共有されていると言っても、差異も大きい。何をもって我々は龍を龍としているのか」

その問いは私ではなく虚空に向けられていた。指に挟んだ葉巻の赤い火が長閑に膨らんで、漂い出す煙に青い陰影をつけていく。

「結論から言えば、私は龍は想像上の生物であると同時に実在上の生物だと考えている」

私は黙って久間さんの向かいに座った。影に深く浸かった腰から下が、急に心もとなくなる。あいだにある黒い机の輪郭は闇に溶けているせいで、予め定まっていたはずの間合いが恣意の匂いを帯びてくる。「それはわかりました。それよりも」

「いやわかってない。これは君の大事な瑛子にも関係のある話なんだよ」久間さんはうんざりしたように低く煙を吐きだし、限りない反復を初手からやり直してみせる陰惨な誠実さで、私に言い含めた。「まあ最後まで聞き給え。実は私は龍というのは時間の中にも棲む生物だとも考えている」

「生物である以上、そうなのかもしれません」

「私は一般論を話してるんじゃない。これはもっと具体的な、かたちについての話なんだ。あるいは棲むというより、移ると言った方が実態に即しているかもしれない。我々が空間を移るような仕方で、龍は時間を移っていく。あるいは移ろっていく。澄んで、透け入って、己の閾を忘れて身を重ね、流れるままに滞って、時間に己を孕ませる」

ことばに釣りだされていくと、ますます腰の据わりがおぼつかなくなり、そのくせ背は何度も向かい合った習いに安んじて丸くなり、うっすらと漂い出す煙の中でかつての座が結ばれて、これはいつの話だったかと振り返るような心地さえし、長閑な煙を振り払う癖性で、「時間の中を移動しているのは我々も同じではないですか?」と訊いたが、抑えた声は切迫よりもいたましさに近い響きを帯びた。

「それは違う。我々は時間の中を自らの意志で動くことはできない。ただ押し流されていくだけだ」久間さんは黒い水面に浮かんだような灰皿に、葉巻の灰を軽く落とした。「龍は我々とは反対に時間を移ろうことはできるが、空間にはただ押し流されてしまう」

「強制スクロールみたいなものですか」

「龍にとって空間とは人間の想像力だ」久間さんの声は細くかすれていたが、響きは傲然さを増していた。「龍はある人間の想像力から、また別のある人間の想像力へと押し流されていく。そうしてその度にその人間の想像に応じてかたちをかえる。変身する。あるいはその人間の想像が龍によって変形される。どちらが能動で受動なのか、あるいは先か後なのかを問うのは意味がない。龍はその人間の想像力の中では時間を行き来することができるからね。というより、想像力の最も深い部分にはそもそも時間が存在しないんだ。龍はその人間の想像力の中を自由に泳ぎ回りながら、次の宿主を探す。人間の想像力には限りがある。それは日々少しずつ枯れていく貯水池のようなものだ。龍はその前に次の宿主を見つけ出し、引き寄せ、移ってしまう。そうして一度龍に過ぎ去られたものはもう二度とそれを想像することができなくなる。残るのはただことばだけだ」

「仮に龍が人の想像力を生きる生物だとしましょう」私は憔悴に近い苛立ちを抑えた。「しかしだからなんだと言うんです？　想像力の中で龍が移動したとして、それが現実的に何の影響が」

「順番に話そう」久間さんは間違った動きをした駒をもとのマスに戻すような口ぶりで、私を遮った。瞳には暗い険が差している。「惟喬親王が夢の中で龍に襲われた話は覚えているかね？」

「ええ」

「私はあれは本当にあったことだと考えている。龍は実際に親王に姿を見せ、呑み込んでしまった。あるいは呑み込まれてしまった。龍は彼の中で、彼を呑み込んだんだ。そこで因果が縒《よ》れてしまったのかもしれない」

「因果？」

「無論それは想像だ。しかし私の想像が、彼の想像を包んでいるわけじゃない。二つの想像は破れて繋がっている」久間さんは遠い賑わいに思いを遣る人の諦念で、私を見つめながらに閑却している。「今龍は私の中にいる」

久間さんは葉巻の灰を灰皿に落とした。火が消え、消失点に向けて影が吸い込まれ、すべてが闇に浸ったかと思うと、私の内で鮮やかな光景が蘇り、すでにその光景に私自身が包まれている。血だまりになった縁側。自らを抱え込むようにした手から溢れ出した桃色のはらわた。それらが斜めに差し込んでくる陽で輝いている。座ったまま腹を抱え込むように突っ伏している男の顔は見えない。こわばった首筋の震えが全身を領している。それがかつての屋敷の主であることを、主であったことを私はもう知っている。過ぎ去ってはまた訪れ、擦り切れるほど反復されたその記憶は久間さんのものでもあり、私のものでもあり、確かに今我々の想像は破れて繋がっていた。かつてこの屋敷の隅々まで、その外の集落まで、その遥か外にまで及んでいた男の支配は、自らの震えるうなじの一点にまで収縮してしまっている。

うなじめがけて刀を振り下ろすと、刃も陽を浴びて輝き、記憶の中で目を瞑っても網膜に焼きついたきらめきが崩れるように動きだし、まるで星雲の誕生か、蝶の羽ばたきのようで、再び火が灯るとはるばると散じていき、ぼんやりと闇が薄まって、久間さんの顔が浮かんだ。

「彼は龍が抜け出た後も生き続けることに耐えられなかった。そうして今龍は再びこの私からも抜け出そうとしている」久間さんの葉巻には再び火が灯っている。「無論彼は私の本当の父親ではない。龍が入ってくる前の私にだって人生はあったんだ。しかしいったん龍が入ってしまえば、その時点で個人の過去の繋がりは断ち切られ、龍の過去に否応なく繋ぎ変えられる。万世一系というわけさ。だから私が何を忘れたか、私は知らない。知りたいとも思わない」

私は既にそのことを知っていた。憐れんで、羨んですらいた。見透かされて焦燥に傾きそうになるのを戒めたが、戒めたところからかえって緩んでほつれだしていきそうになる。

「本題に入りましょう」私は久間さんが沈黙に泥まぬよう、間を置かず言った。「仮に龍が存在して、今あなたの想像から抜け出ようとして、なぜ次が瑛子なんです。彼女はごく普通の人間です。僕が言うのも何ですが、どう考えたってそんな大それた因縁に結ばれる筋合いはありません。それにあなたと彼女には何のつながりもないでしょう」

「そんなことは結ばれて初めてわかるものだ」気怠い笑みのうちに、瞳は憐みを含んで和らいでいる。それで私の問いの僅かな余韻も消え去った。「ただ一つ言えるのは龍にとって誰の、ということはまるで重要な問題ではない。ただ龍は空間を必要としているだけだ。想像という空間をね。それにそもそも君は今普通ということばを使ったが、それだって考えてみればあやしいものだ」

「瑛子が特別な人間だと言うんですか?」

「彼女が特別に、というわけじゃない。誰しもがそうなんだ。それを理解するには単に今ここに至るまでを遡ってみれば事足りる。過去には無数の分岐があって、その一つでも別の道を歩んでいたら、今ここにはいない。誰もが一歩一歩奇跡を踏んできたんだ。誰もが水の上を歩いている。君がなぜと問うのは、言ってみれば前の車のナンバーが自分の誕生日と同じで、はしゃぐ子どもと一緒さ。無論それは三人称的な捉え方であって、一人称であればそう捉えるのも無理はない。災害だってそうだ。みな『なぜこのわたしが』と問いかける。意味がないことを承知でね。だからひとはいつまでも物語を必要とするともいえる」

「あなたはそうじゃないんですか?」

「かつてはそうだった。しかし今は私の中には龍がいる。だから物語は必要ない」

「説明になっていません」

「これ以上の説明は不可能だ。それにもう時間がない」

私はまたとっかかりを失った。相手をどこから解いていくのかは定まっておらず、そのくせ手を付ける箇所を間違えればとりかえしのつかないことになるという、焦りだけが背中に貼りついている。

「だけど近頃私も一人の女をよく想うんだ。といっても顔もない、声もない女だ。あるいは一人でもないのかもしれない。遠くで何かを口ずさんでいる。聞き分ければ取り返しのつかぬことになる気がして、気づけば掻き消すように叫んでいる。その叫びに耳を澄ませている。でも本当は何一つ叫んじゃいないんだ。響きはとうに絶えている。絶えたところから瀬の音が響いてくる。分け入ってくる。その瀬が想うことと想われることの境になって、ともすれば彼我を取り違える……龍が抜けかかっているんだろう」

「時間がないんじゃなかったんですか」

「それはそうだ」久間さんは遠くを眺めやっている。「しかしいったいどれくらい時間が経ったんだろう」

途端に私はわからなくなった。差し向かいのまま、幾度も葉巻の先の赤い明滅が、明け暮れが、季節が繰り返された気がしてくる。思い出しているのか、思い出されているのかが曖昧になって、そのくせ据わりはどこまでも安らいでいる。瑛子が家で待っているのに、こう安穏としていられない、と思って、慌てて覚えを振り払おうとしても、今こうして瑛子を求めていることがずいぶん先のことに感じられる。いやこれは今起こっていることなのだと、傾きを戻すと、途端にもう済んだことのようにも思えてくる。「瑛子の居場所を教えてください」

「教えてどうする?」

「彼女と一緒にこの山を降ります」

「彼女がそれを望まないさ」

「あなたに瑛子の何がわかるんです」

「じゃあ、君は何かをわかっているのかね?」

「あなたは退屈しているんじゃありませんか」とほとんど縋《すが》るように訊くと、

「退屈というのが、時間に対する個人の矮小さのあまりの債務感覚なら、それは違う」と久間さんは私の問いを手のひらであっさり掬うようにして、その感じがいかにもしっくり適ってしまった。「私は今これ以上なく充実している。充実の窮《きわ》まりにおいて、ひとはすべきことを失う。何をしても最善のあらわれになる。私の踏んだ歩みが正しい道になる。そこでひとは初めて真の自由になる。同時に真の退屈を識る。手段は目的に一致し、私のからだは時間となる」

私は傾きが崩れになるのを見限るように立ち上がり、机の反対側に回り、床の間の刀をとって鞘を放り投げ、刃を久間さんの眼前に突きつけた。少しもそれを用いているという実感もないままに刀の重みで切っ先が震え、その震えが内に固く締めたはずの観念にまで及んでくる。

「私を脅したって無駄だよ」久間さんはまだ私が席を立っていないかのように前を見つめ、葉巻を灰皿に押し付けた。手つきはどこまでも端正で、姿勢にも崩れはない。「何一つ私の意志じゃないんだから」

「瑛子の居場所を教えてください」

私は震える切っ先をさらに久間さんの頬に近づけた。久間さんは背に少しのこわばりも見せず、左手で刃の先を掴んだ。みるみる手の内から血が伝い、畳にぽたぽたと落ちていく。久間さんの臓腑の蠢きが刀身を通じ、柄に至りかけ思わず手の内を緩めると、刀を抜き取られた。

久間さんは刃先を天井に向かって立て、視線を切っ先にまで伝いあげ、

「君は身の程をわきまえなくちゃいけない」と言った。「君の役割は、ただ過程を眺めることだ。業平のようにね。しかしそれだって大事なことだ。龍はある想像から、別の想像に移ろう際、最もあらわになってしまうからね。言ってみれば陸に打ち上げられた魚のようなものだ。干からびてしまわないためには観測者が必要なんだ。僅かながらに想像を分かち合

う観測者がね。それが龍にとって通い路になる。昔なら聴衆を招いたろうが、今はあやうい。誰もが自分の目にしたものに身を添わせられるわけじゃない。あるいは信心のあまり目を凝らし輪郭を掴もうとして、かえって掻き消す方に働きかねない。それよりは君のように、身に覚えのある者がただ一人眺めてくれる方がまだましさ。龍は私の想像から抜け、君の想像を通い、瑛子の想像へ入り込むんだ。そのようにして我々は想像の破れから互いに明け渡されていく」

私は所在なく、ただ久間さんが立てた刀身に身を揃えていた。どころか、次のことばを迎えようと、起こりを預けてしまってさえいる。

「君には真の退屈は永遠にやってこない。君は色も形も変えず、永遠の前置きに留められる。誰も訪れない空席の向かいに座って、決して席を立つこともできない。座りこんだまま水に浸されていく。溺れていくものの叫びはどこにも届かない」

久間さんはふらりと立ち上がり、刀を、刃が切っ先に走るにつれ忘れていくみたいに引きずり、縁側の敷居をまたいだ。いつの間にか庭に向かって障子は少しだけ開かれ、池の傍にアオサギが立っているのが見える。背後の暗闇の重たさを背負う風でもはねのける風でもなく、ただ自身と釣り合いを保ち、しかしその釣り合いが戦慄になって飛び立つことにはほとんど無精らしくも備えている。水面には煌々とした月が浮かんでいる。久間さんは庭を向いてあぐらを組んだ。肩に遠くを窺う気配が起こり、畳には血痕が続いている。

「おいで」

私は言われるがまま、障子の前に立った。久間さんの右半身は障子に青い影となって浮かんでいる。

「あの男が腹を裂いたときは私が介錯したんだ。刀は不得手で、何度も骨を叩いたよ。君は無論そんなことはできないだろう」

私は答えなかった。

「別に構わないさ。私も痛いのは好きじゃないから、ちょうどいい」

これまでになく深い沈黙が我々を浸した。水の音に耳を澄ませて、何も聞こえず、悶えが凝った夜の底で、池で鯉が跳ねる音が白さを放った。波紋の広がりが収まりきる前に、

「君はこれから生涯でただ一度きり龍を見る。龍を通って、宇宙の中心となる」と久間さんは言った。「一度それを見たものは、それを追い求め続け、木の枝の影や、雲のかたちや、目を瞑った時に流れ出す不定形の発光体や、あらゆるものにその影を見るようになる。影を追って永遠の焦燥がどこまでも続いていく。君はどこにも行けず、何にもなれず、狭間に留め置かれ、果てしない反復の中で覚えに放たれていく」

刀の先が右手から、時計の針のように上がっていき、ある角度まで達すると、

「彼女は池のほとりにいる」と久間さんはつぶやき、ヴァイオリンを奏でるように斜めにした刃を、自らの首に押し当てた。血が、音をひそめた分だけ勢いよく吹き出して障子に飛び散り、からだがゆっくり前に傾いていく。「天の河原に　われは来にけり」

血が縁側に広がり、影に滲んでいくあいだ、私はその場に立ちつくしていた。一刻も早く森に行かなければと思う気ばかりがむやみに滞って、脚が引き締まった影に沈んでおぼろげになる。

戦慄の糸が天に引きあがってアオサギが嘴《くちばし》を上向けにしたかと思うと羽音を立てて飛び去り、生臭い匂いが立ち込め、障子に巨大な影があらわれた。隙間からは人間の頭部ほどはあろうかという赤い眼がこちらをのぞいている。想像が現実を先どって、自分の内に封じ込め玩弄しようとしたのだという思いも、募るより前に遠のいており、赤い眼は直に私の眼に繋がり、その奥から、

「いっさいの仲立ちは必要ない」と、声がひかり輝いて流れ込んでくる。「路が行くものを択《え》ることはできない」

今にも支えを失いへたりこみそうな私を、畏れのかつてない充実が内から突っ張って、持ちこたえさせていた。龍の生臭い吐息は暖気となって留まり続け、赤い虹彩は龍自身の瞳孔とそこに映った私の内に注がれ、凝集されていきながら、少しも収束していく気配がない。

「あなたを宿していたものは今私の目の前で死にました」私は、侵されていくものの頑なさで、戦慄を声の震えに変えた。「それがあなたの意志なのですか?」

なおも注ぎ込んでくる赤い虹彩は大きさを増し、私は内奥に向かって幾重にも広がっていく瞳孔に吸い上げられていく。映り込んだ私の瞳孔に赤い瞳が映り込んでおり、また私の瞳孔が映り込んでいて、どこまでもひらかれ続けていく。

「すべてが決まっているのに、どうして意志がありうる」

瞳の赤は次々と背後に過ぎ去っていき、私は色を生じる前の虚ろな瞳孔の暗さに落下しつづけていく。私は叫ぼうとして、叫ぶことができず、しかしすでに叫びの絶えた響きを無音の底に聞き取って、馴染んで、忘れかけさえして目を瞑り、瞼の裏にも赤い瞳が浮かんで、その反復のはてしのなさで、何もかもが悶えつつほどけ、静けさが飽和してざわめきになるまで遠のいて、また静けさが膨らんで、色を失った赤さのままに闇がほのかに明らんでいく。明るさで何もかもが透け入って無明となる。

「もう時間だ」

無明の天穹から砂時計の漏斗のように細く夜の底に伸びあがっていき、気づけば鬱蒼とした樹々が途絶えた、あの池のほとりで、私ははからずも携えてきた自分自身に馴染めぬままに、虚ろに立っていた。霧が淀みつつ移ろっていく隙間隙間であやめが水面から顔を出し、月の光を浴びて青さをその慎みごと失っている。

瑛子は一人で立っていた。遠い虚空へ誘い出される眼差しで、しかし瞳は濃い闇を溜めるばかりで何も見てはいない。

「ずっとここにいたのか」私は気後れのまま、遠くへ抜けていくものをとがめるように、背後から声をかけた。

瑛子は顔をあげた。夜空には冷たく輝く天の河が、奔放にまばゆさを散じつつ、自身を緩やかに束ねている。「私はずっとあそこにいた」

「天の河？」

「ううん、違う。あなたも見たでしょう」瑛子は眉をやわらげ、世界の際限のない広がりをやすらかな深さへと通していく瞳で私を見た。薄い唇の端には歳月の裏側ですでにひとり老いを終えたものの、張りつめた清潔さが浮かんでいる。かつて彼女にまつわりついていた逡巡の影はもうどこにもなかった。「龍があなたを通って、私にもなだれこんできたの」

戒めはもう済んでいて、決して赦されず、解かれることもないという確信からくる親密さが、霧と共に静けさをどこかへ運んでいた。

「あのひとは死んだのね」

「わかるの？」

「うん。もうずいぶん前から知っていたみたい」

「彼もここに？」

「ううん」瑛子の目の光は遠さを宿したままに、鈍く募った。「彼には彼の風景があった。それは彼の奥深くに折り畳まれていて、彼が消えた今も静かに畳まれていて、ただそのほとりに彼がいないだけ。初めから焦点でもなかったから、忘れられることもない。ただこれからも移ろって、枝が芽吹いたり、風が吹いて樹々が鳴って、誰にも知られず花盛って、散っていく。誰にも聞こえない唄になる。それが鳴りやむことはない。風景がいつまでもひとりきりで遊んでる」

「もう帰ろう」私は瑛子の手をとって言った。しかし瑛子は手を開こうとはしない。

「帰る」瑛子は揺らして光の当て方を変えるみたいに呟いた。「どこへ？」

「僕らには住むべき家がある」

「見て」瑛子は手を開いて見せた。波打つような美しい模様をした、虹色の石が載っている。

「やっぱりここで落としていたのよ」

瑛子が手のひらを斜めにしたとき、私はすでに手を差し出していた。雫がかたちを変えて自身を押し出すように、石はゆっくりと私の手のひらに転がった。

「あなたにあげる」

「瑛子」

「私たちはあなたにとっても感謝してるの」瑛子は境をとうに踏み越えた人の穏やかさで微笑んだ。

「君の中にはもう龍がいるんだね」

「ずっとそうだったのよ」瑛子はすでに手をさげて佇んでいて、私の手だけが虚空に差し出されていた。「そうでなかったことなんて一度もなかったの」

遠くで喉を絞るように鳥が鳴いていた。呼び交わす鳴き声は一心不乱で、どこか悠揚としている。

「あなたの叫びをずっと聞いていた」瑛子の声は何かをかろうじて繋ぎ止めるように喉の奥で細く震えている。「でもそれも済んだこと。今はもう鳴りやんで、余韻すらも渡り終えている」

「瑛子」その名前の響きは私が発するより前にとうに絶えていた。

「ごめんなさい」私は瑛子がそう言うのを望んでいた気さえした。「こうして話していても、私あなたの名前が思い出せないの」

私は私も瑛子にとっての風景で、それも前の季節の、既に記憶の中からは色の抜けた風景にすぎないのだと、妬みが底の方で今まで見たことのない色に蠢く心地がして、もう一度、今度はのめるように手をのばしかけると、山の端から鋭い陽が底にまで一気に差し込んで、私はのばしかけた手で目を覆い、瞑った目の内が光のもやに押し上げられ浅く明らんでいく。

目を開くと、薄らいだ霧がまだひそやかに夜の青さの名残を孕んで水の上をたなびいていて、瑛子の影はどこにもなかった。霧が明けていくと荒漠とした青さがみるみる澄んで色を失っていく。私は膝まで冷たい水に浸かっており、水面には一輪のあやめが浮かんでいた。手に取って鼻に近づけると、遠くから雨が匂うように蝉たちが鳴き始め、耳を澄ますほどに遠のいて立ち込めていき、私は霧の晴れたこの世界でひとり取り残されていく。この世で最も堅牢なものを握りつぶそうとするみたいに手の内を握りしめると、痛いほど確かな感触を覚えた。もしこの澄んだ水底に潜っていくのなら、この石の重さ一つで足りるだろうか。

死者たち

1

向かいに座っている老人と若い男が議論をしているが、なかなか話が適当なところに落ちてこない。野犬か猪のたぐいだろうという若い男に対して、老人はかたくなに飛び込みを主張している。前にも一度列車に乗っていて、こんな鈍い音を聞いたことがある。列車は停止しないので、何事もなかったのかと思っていると、次の駅についたとき、ホームにいた若い女が悲鳴をあげた。先頭車両にまだ肉の切れ端がこびりついていたからである。

「じゃあ次の駅で勝負ですね」

若い男は呑気な調子で言った。すると老人は真剣に、

「いや、最近の娘はずいぶん肝が据わってる。ことによると肉切れぐらいでは黙ってるかもしれない」と応じた。これでは勝負が成り立たない。芽衣子《めいこ》はうつむきながら話を聞いていた。硬い直角の座席に座り続けているので背や腰はすっかりこわばっている。老人はまだ続

ける。別の事故で、今度は車掌が列車を停めて線路に降りた。すると若い女が腰で真っ二つになっていたが、上半身だけが拳を地面に突いて動いていた。これは車輪の重みで断面が潰れて即死を免れたためである。老人は大真面目に語り、若い男は薄笑いを浮かべて聞いている。

芽衣子も聞き耳ばかり立てているのもはばかられたので、行李《こうり》から書物を出して目の前に持ってくると、

「モーパッサンか」と若い男がつぶやいた。思わず口をついて出たという以上のものはないと見える。芽衣子は黙って微笑み返し、すぐ視線を書物に戻した。男もまた老人の相槌に戻った。けれども集中が続かない。列車はがたがた揺れるし、貨車に積んだ糞尿の匂いが漂ってくる。おまけに卒業してから怠けていたのでもうすっかり仏語を忘れている。一〇ページも進まないで彼女は眠りに落ちた。

どれくらい経ったのか、目覚めると乗客はだいぶ減っている。外の景色も人家が疎《まば》らになって柔らかな緑が多くなった。窓から差し込んでくる五月の陽射しは、霞がかったしなやかな空気に和らげられている。芽衣子は今自分がどこまで来ているのかわからない。乗り過ごしたんだとすると約束の時間にはだいぶ遅れてしまう。なかなか次の駅も見えてこない。同じような田畑が繰り返し窓の外を流れていく。芽衣子は今更ながら列車の速さに感心した。

向かいの老人は消え、若い男は本を読んでいる。さっきは気がつかなかったが、よく見ると切れ長の瞳と、高い鼻筋が西洋人じみている。肌も透き通るように白い。瞳には柔らかな憂いがあり、長い睫毛《まつげ》は列車の揺れに呼応するように動いている。学生服を着ていなければ女だと言われてもまず気づかない。女学校にこんな女がいればさぞ人気が出ただろう。男は目線をあげると、すぐに芽衣子の不安を察したらしく、

「今有川を過ぎたところです」と教えてくれた。「あと二〇分もすれば海が見えますよ」

芽衣子が礼を言うと男は、

「なに、こちらこそ」と言って本をよこしてきた。「楽しませてもらいました」

見ると芽衣子のモーパッサンである。

「読んだんですか？」芽衣子が男の無遠慮さに呆れて聞くと、

「ええ、途中までですけどね」と、男は微笑んで応じた。芽衣子の責めるような調子に気づいているのかよくわからない。けれども決して不快な笑みではない。

「あなたは全部読んだんですか」

「いえ、まだ半分くらいです」

「うん、僕もそのくらいまで読んだ」

芽衣子は驚いた。半分といえば五〇ページほどである。男は有川を過ぎたところだと言っ

ていたから、多く見積もっても芽衣子が眠っていたのは三〇分にも満たない。仏語科で優等だった芽衣子でも三〇分ではとてもそんなに読めない。

「しかしモーパッサンはデュマやディケンズと比べると少し幼いね。痩せ我慢の足りないところがある。だから短編しか書けないいんだろう」

芽衣子は『女の一生』を反証にあげようとして、やめた。男はそのぐらいは踏まえているような気配がある。

「でも、この『Jadis』は笑っちまいました。読みましたか?」

芽衣子は頷いた。タイトルは覚えている。けれども彼女はまだ仏語の字面を追って満足しているだけなので、中身の方はぼんやりしている。

「西洋はどうも結婚というものが厳密に過ぎる。だから恋愛を変にありがたがる。どんな小説を読んでもだいたいみな色恋のことで悩んでる。モーパッサンによれば結婚は一度きりだが、恋愛は二〇ぺんだってできるらしい。冗談じゃない。うちの村じゃあ一度目の結婚で添い遂げたものなんかまずいない。多い人だと二〇ぺん以上結婚してる。これじゃあモーパッサンは通じない」

芽衣子は小さく笑った。むろん男の言うことを全部わかったわけではない。どこまで本気なのかもはっきりしない。しかし男の言い方は不思議と彼女を愉快にさせた。

「あなたどこまで行くんです」

「鹿野です」

「鹿野！」男は素っ頓狂な声をあげ、長い睫毛を瞬かせた。「僕は米岡に――と言ってもわからないか、鹿野のすぐ隣の村に帰るんです。鹿野なら小さい頃よく遊びに行った。朋輩同士で戦争ごっこをしたりしてね。鹿野の出身？」

「いえ、茶摘みに行くんです」

「へえ」男は芽衣子の膝上のモーパッサンに目線をやり、再び芽衣子を見た。「しかしなぜ茶摘みなんんか。いや失礼ですが、あまりお金に困ってるようには見えんのですが」

これは郷里でもさんざん聞かれたので、芽衣子はもう答えをこしらえている。「実を言うとナロウドニキに行くんです」

「ばかいっちゃいけない。そんなこと憲兵に聞かれでもしたらことですよ」若者はことばとは反対ににやにや笑っている。「あなた玉露は飲んだことありますか？」

「いえ」

「なら鹿野でぜひ飲ませてもらいなさい。あれはいいですよ。うまいのはもちろん、頭が冴えます。コーヒーにも入ってるカフェインという成分の効果らしい。けれどもあまり飲み過ぎると中毒になる。下手すると死ぬ。バルザックが早死にをしたのは一日五〇杯のコーヒーでカフェインを摂りすぎたせいだなんて説もある」

芽衣子は黙って聞いていたが、バルザックまでくると少し話したくなった。けれども男はまだ続ける。

カフェインを発見したのはルンゲというドイツの化学者であったが、彼にその研究を勧めたのはゲーテである。ゲーテは一日に百杯のコーヒーを飲んだ。それでも八二歳まで生きている。バルザックで五〇杯で五〇歳だから、ゲーテはよっぽど体力があったに違いない。

芽衣子がゲーテという音を学校の外で聞いたのはこれが初めてである。ふいに男のことがもっと知りたくなった。

「大学に行ってらしたんですか?」

「四月までね」男はいつの間にか敬語を忘れている。「でもちょうどよかった。いくら大学生たってこれ以上東京にいたら近いうち戦場送りにされちまう」

「まさか」芽衣子は笑ったが、若者は全く落ち着いている。芽衣子は彼の予言が本当らしく思えてきた。「じゃあこれからどうするんです?」

「アメリカに行く」

芽衣子は今度は笑わなかった。唖然とするよりも先に、どこか風通しのいい、開けた場所に出たような心持ちがする。

「でもアメリカと戦争になったらどうするんです？」

「ありえないよ。日本だってそこまで馬鹿じゃない。もしアメリカとやれば――いかん、窓を閉めないと」

振り返るとトンネルがぽっかりと暗い口を開けていた。あちこちで閉めろ閉めろと声があがる。芽衣子と男は息を揃えて窓を下げた。途端に車内が真っ暗になる。煙が入ってくると乗客たちはいっせいに咳き込み始めた。芽衣子もハンカチで口を抑えているものの人一倍咳き込んでいる。目の前の男は苦しんでいる気配がまるでない。列車がようやくトンネルを抜けると、男が嬉しそうに言った。

「見てごらん、海だ」

窓に水平線が浮かんでいる。遠い水は画のように静まり返っている。ところどころ白いものが浮かんでいるが、先へ行けば行くほど、船なのか白波なのかちぎれ雲なのかはっきりしない。空はどこまでも青く澄んでいる。芽衣子は晴れ晴れとした気持ちで窓を開けた。潮の匂いが一気に入り込んでくる。風の心地よさで、彼女はようやく頬が火照《ほて》っていることに気づいた。

「もしアメリカとやれば」

芽衣子は男の方に向き直った。彼の深い瞳は芽衣子を越えて遥か海の向こうに焦点を結んでいる。

「日本はきっと勝てないだろう」男はきっぱりと言った。「僕も日本へは帰らない」

米岡駅につくと男は先に降りた。列車が再び動き出すと、芽衣子は最後に聞いた来栖善也《よしや》という名を溶けかけた飴のように大事そうに舌の上で転がした。少しするとまた列車は海にでた。もうだいぶ前から彼女の精神は列車の速度に遅れをとっている。鹿野で降りた時には、彼女はずいぶん遠くまでやって来たような気がした。

○

岡本芽衣子は女学校を卒業したばかりの一九四一年の春を、茶摘み子として隣県の鹿野で過ごすことに決めていた。父は反対したが、社会勉強の一環だとかナロウドニキだとか適当なことを言って丸め込んだ。父は以前から論理では芽衣子に敵わなくなっている。かと言って腕力で押し切るほどには理智を軽蔑できていない。芽衣子からすると母のように完全に旧倫理に属している人間の方がよっぽど手ごわい。いざとなれば、

「だめなものはだめだ」で全てが片付けられてしまうからである。

幸い今回母は芽衣子の側についた。曰く、自分の時代は女が一人で旅行することは特別な

ことではなかった。自分の周りにいた女たちは一七、八になれば町に出て奉公するなり、九州や四国を巡礼したりして、見聞を広めたりしたものである。むろん苦労も少なくない。けれども万事箱入り式に育ててしまえば、頭の風通しが悪くなる。いざというとき腹が据わらぬ女になる。

「世間を知らんと嫁の貰い手もない」とまで母は言い切った。実際母は、一八の時岡本家に奉公に来て、働きがいいので祖母に気に入られ、父と結婚することになったのである。母がそんな調子だったので、結局父は今回も芽衣子の言うがままになった。

それで果たして世間が知れたかというと、芽衣子は茶摘み子の仕事が始まって一週間が経っても確信が得られなかった。朝早く起きて、畑に出る。茶摘みの作業はつらくもないが面白くもない。退屈しのぎに茶摘み子とおしゃべりをし、ときどきは一緒に歌を歌う。初めは婆さん連中が恥ずかしげもなく大声で卑猥な歌を歌うのに眉をひそめていたが、一日中からだを動かしてみるとそのぐらいの低俗さがちょうどいい。第一春の陽気に長時間当てられていると、難しいことは何も考えられなくなってくる。なるほど女学校のおしゃべりとは趣が違うのは確かである。けれどもこれが世間だとすると、わざわざ朝から晩までからだに鞭打ってまで知るほどでもない。少なくとも列車の若い男と話してる時の方がよっぽど開けた場所にいた気がする。

夜は夜で、茶摘み子の寝泊まりしてる会堂に毎日のように村の若衆が遊びに来る。例によっておしゃべりをして、歌を歌う。どういうわけか鹿野の村の男はみな三味線がよくできる。できないものは馬鹿にされる。酒が入ると娘たちも一緒になって馬鹿にする。そのくせ彼女たちは全く弾けない。

一週間もする頃にはところどころつがいができて、途中で場を抜けたかと思うと夜明け前まで帰ってこないことがしょっちゅうあった。芽衣子も何人かに言い寄られた。初めは適当にあしらっていたが、そのうちしつこく詰め寄る男もあらわれた。たいてい酔っているので何を言っても諦めない。口説き文句もだんだん卑猥になってくる。そんなに酔っ払って恥ずかしくないのかと言えば、酔っ払いに説教をして恥ずかしくないのかとやり返す。これでは勝負にならない。きりがなくなってきたので、ある日彼女はとうとう自分には想い人がいることを告白した。とっさにこしらえた言い訳にすぎない。男はこの村の若衆かと問う。あるいは郷里の男かと問う。芽衣子は首を横に振る。では一体どこの男かと聞かれると、彼女はそこまでは考えてない。とっさに来栖善也の名をあげた。他に男の名が出てこなかったのである。

すると相手は、その男ならよく知っている、隣村の米岡の地主の次男坊で、義母にあたる父の前妻はこの鹿野から嫁いだので、小さい頃は法事などの関係でよくこっちの実家に顔を出していた。善也とは今でも会えば酒を酌み交わす仲である。普段本ばかり読んでいる割になかなか話のわかるやつで、何しろ美男だから女にもよくもてる。あれだったら相手としてはまあ悪くない。すぐにこっちに呼びつけてやる。待ってなさい、と橋渡しを買って出た。さっきまで自分が口説いていたことはすっかり忘れている。酔っ払いの言うことだから芽衣子は本気にしなかった。

　ところが本当に二日後の晩に本人が会堂に訪ねてきたのだから、芽衣子はたいへん驚いた。向こうは少しも驚いていない。相変わらず憎らしいくらい呑気な調子で挨拶をした。こうなることが最初からわかっていたような落ち着きである。

「モーパッサンは読み終わったか？」

「いいえ。あれから一度も開いてません」

「ナロウドニキは順調か？」

「いいえ。人民の革命精神は甚《はなは》だ薄弱であります」

「玉露は飲めたか？」

「いいえ。ご覧のとおりどぶろくばかり飲んでいます。来栖さんも飲みますか？」

「だいぶ酔ってるな。いや、けっこう」善也は笑った。「しかしそれじゃあここにきてさぞがっかりしたろう」

「いいえ」芽衣子は微笑み返した。「頭の風通しがよくなりました」

二人は会堂を出て、外を歩きながら喋った。かなり酒を飲んでいたこともあって、どこを歩いたのかははっきりと覚えてない。何を喋っていたのかも覚えていない。ただ茶畑にかかる青い月がとても美しかったのだけはよく覚えている。五月初めの夜であったが、寒さは少しも感じなかった。むしろ酔いに火照った頬に夜風の涼しさが心地よかった。二人は夜明け前に会堂に戻ってきた。それから善也は二、三日おきに会堂に訪ねてくるようになった。

一ヶ月がすぎて茶摘み子の仕事が終わると、芽衣子は来栖家に見習い奉公に行くことになった。奉公と言っても半分は嫁入り修行みたいなものである。幸い芽衣子は善也の母の満世に気にいられたこともあり、お目見えの三日がすぎると来栖家で家族同然の扱いを受けるようになった。

彼女は来栖家の人々が非常に素っ気ないのに驚いた。家族同士でも平然と敬語で通している。ずるずるべったりもたれあうようなところがまるでない。それでいて食事どきなど会話は途切れることがない。傍で見ていると職員室で先生同士の会話を聞いていた生徒時分を思い出す。特に長男の誠太郎と次男の善也との会話は甚だ淡白である。これが普通のことなのかきょうだいのいない芽衣子にはわからない。あるいは名家というのはどこもこんなものなのかもしれない。岡本家もむろん良家であるが、芽衣子は一人娘だったこともあって両親からはかなりちやほやされて育てられた。おかげでどこへ行っても自分は愛されるものだと勝手に決め込んでいる。だからこの女の態度はいつでも愛嬌と自信に溢れている。技巧の気配は全くない。女学校などではこの無邪気が偉人の感と混同され、一部の生徒からは崇拝を受けていた。

来栖家には芽衣子の他に石という女中がいた。もう三〇年近く奉公を続けていて、使用人というより番人の風格さえ漂っている。二七の頃に一度群馬の蒟蒻《こんにゃく》農家に嫁いだことがあったのだが、二年も経たずに戻ってきた。連れ子の娘とうまくいかなかったらしい。それから来栖家の食卓では蒟蒻は出なくなった。向こうで一生分を食べてきたのだという。

石は癲癇《てんかん》持ちで、芽衣子は初めて発作を見たときは非常に怯えた。しかし鎮痙剤を打ってしまうとすぐに痙攣が治まって寝てしまうので、二、三度で慣れてしまった。ただ石は発作のあとは決まって大いびきをかき始める。これが夜だと隣では眠れない。そういうときは特別に善也の部屋で寝ていいことになっていた。実を言うと彼女は夜の発作を歓迎していたふしもある。

発作が起こった翌日は芽衣子が介抱にあたるのだが、決して口を開いてはいけない。口の奥に、小人の姿が見えることがあるのだという。小人がにたにたと笑いかけてきて、次に口が開いたときにはどこかに消えている。部屋に何人もいると、あちこちの口を行ったり来たりする。そして最後には自分の口に飛び込んでくる。小人は石に代わって汚いことばを喚き散らし、喉彦《のどひこ》を引っ張って嘔吐させる。慣れないうちは芽衣子は不用意に口を開いてよく石にしかられた。

医師の診断によると石の癲癇の原因は少女時代に木から落ちて頭を打ったことにある。石は小さい頃木登りが大の得意だった。十一歳のときには学校に隣接した雑木林を木から木へ飛び移って一度も地面に降りずに通り抜けたこともある。石が木に登ると下着が見えるというので男子がよく集まってきた。一度いつも登っていた欅《けやき》の虚《うろ》に恋文が入っていたこともあった。差出人は近所の薬屋の息子で文通は二年以上続いた。しかし石が十四歳のころ木から落ちて癲癇が噂になると手紙はぱったりと途絶えた。石は親から木登りをやめるように言われたが、普段は目上のものには黙って従う彼女もこのときばかりは頑として聞き入れなかった。事故からしばらくすると木の虚にしゃべりかける石の姿がよく目撃されるようになった。小人と喋っているのだという。以来石が木に登っていると、子どもが集まってきて「きつつき、うそつき、お石の木」と冷やかされるようになった。誰が言いだしたのか、問い詰めても意味を知ってるものは一人もいない。今でも木登りは得意なもので、庭の柿や梅などの収穫時には重宝されている。男子は木登りぐらいできなければ駄目だと言って、善也を特訓したこともある。このときは流石に出過ぎた真似をするなと満世からだいぶ灸を据えられた。

満世に「もし木から落ちてお前みたいになったらどうするんだ」と言われたことを石は今でも根に持っている。

石が来栖家にやってきてすぐのころ、家長の郷司《ごうじ》は不憫に思って薬方に用いるため方々に胞衣《えな》を求めたことがある。間に合せがなく方途を失っていたところ、満世が双子を孕んだ。善也は無事に生まれてきたが、弟の方は死産に終わったので、この胞衣も廃棄されてしまった。石は自分から郷司に胞衣探しをやめるよう頼み込んだ。縁がないものを無理に求めるとよからぬことがあると考えたからである。郷司は一笑に付した。しかし胞衣の話は出なくなった。郷司も何となく思うところがあったのかもしれない。

芽衣子は奉公を始めたばかりのときに、石に連れられて来栖家の土地を見て回ったことがある。驚いたことにどこまで行っても田畑がつきない。米岡の土地だけでも四〇町歩になるという。岡本家も村一番の土地持ちだがそれでもせいぜい一〇町歩である。このぐるりを誠太郎は作物の様子を見るために毎日歩いている。芽衣子からするとよっぽどの暇人だが石はこの長男にはたいへん敬服している。一方次男の評価は甚だ低い。いくら立派な教育を受けたって、ああ日がな本ばかり読んでるようではまるでだめだと言う。そうきっぱり言われては芽衣子としては立つ瀬がない。

「なぜだめなんです。学問も立派な道じゃありませんか」

「確かに学問は立派かもしれませんの。けんど地主の子が自分の土地に興味を示さんようではどうもならんです」

「そんなに無関心なんですか」

「何しろ本ばかり読んどりますからの。台風がきても日照《ひでり》になっても、平気な顔をしとります。今でもよく覚えとりますが、あの子の小さい頃に学校でいなごとりをしたことがありましての。集めたいなごは佃煮にする前に、袋に半日閉じ込めて糞を出させるんですが、あの子はかわいそうだといって袋を全部開けて逃がしてもうたのです。あれにはひどい顰蹙《ひんしゅく》を買いましての。地主の子がいなごの味方になったというのが村中広まって、誠さんが一軒一軒謝りにいくはめになりました。誠さんはどういう教育をしとるんかとかなり問い詰められましての。米岡は日露が終わったころにいなごでやられたことがあって、みなたいへんな思いをしたのがまだ残っとるんです。けんど私に言わせてもらえば悪いのは誠さんでのうて満世さんの教育でしてな」

満世さんは大阪のミッションスクールの出で、熱心な耶蘇《やそ》教の信者であり、善也さんにも小さい頃から耶蘇式の教育を受けさせてきた。むろん自分は耶蘇教を頭から否定するつもりでは全然ない。名前だって善也でも真理也でも好きにしたらいい。けれどもいくら学問が大事だからといって、ああ万事軟弱に育ててはろくな人間ができあがらない。大学も郷司さんが行かせたがっていた法学部ではなく、文学部に進んで一文にもならない勉強をして戻ってきた。その上今年の夏にはアメリカにいってまだ勉強をするのだという。学問ははじめこそ割前は大きいが最後には莫大な配当があるというのが満世さんの言い分で、自分や誠さんはろくに教育を受けてないから黙って聞いていたが、これではいつまで経っても持ち出しが増えるばかりである。それもこれも善也さんが五つのときに郷司さんが階段を踏み外して死んでしまったからだ。郷司さんが生きていれば満世さんもあそこまで増長しなかったろうし、誠さんも苦労が半分ですんだろう。

石は芽衣子に説明しながら怒っている。しかし傍から見ると芽衣子が怒られているようにしか見えない。芽衣子はいい加減話題を変えたくなった。

「なぜ誠太郎さんは結婚しないんです?」

これが彼女を余計に怒らせた。

自分が今まで見てきた中で誠さんほど欲のない実直な人間はいない。それがこの年になって一人でいるのは全く周囲の責任である。かつて誠さんは米岡に長いあいだ好き合っていた女がおった。しかしそろそろ結婚という段になったとき、村にいなごの群れがやってきた。日露のときほどではないが、被害は相当なもので、先祖代々の土地を売って冬をしのいだものも多かった。そしてこのいなごはたちまち善也さんの事件と結び付けられてしまった。あのとき逃がしたいなごがお礼参りにやってきたというのである。むろん村の人間だって本気で信じているわけではない。そうでもしなければ怒りのもって行き場がないのである。水路をつくったり山道を整備したりして来栖家も何とか信頼を取り戻そうとしたけれども、悪い噂はすぐに広がって、誠さんの結婚の話も立ち消えになった。

誠さんは真剣に相手を好いていたので、その後嫁の話が出てもなかなかうんとは言ってくれない。ようやく結婚したのは郷司さんが死んで五年後のことで、そのころ誠さんはとうに三〇を超えていた。しかしこの嫁も満世さんがいじめるのでちょっと変になって伏見の実家に帰ってしまった。

芽衣子は最初から最後まで石の話をうんうん頷き聞いていたが、後になってみるとどうも見方が偏っている気がする。少なくとも満世さんに関しては、芽衣子は婆さんが言うほど悪い印象は抱いてない。第一満世さんは若く美しい。初めて見たとき善也の姉かと見間違ったほどである。善也と同じように涼しそうな目元をしていて、これまた女学校では崇拝者が湧く類の美人である。おまけに満世さんはからだが弱い。善也さん以上に部屋から出てこない。芽衣子は何度か汗を拭いたことがあるが、満世さんのからだは恐ろしく白い。善也を見たときは西洋人の白さを思ったが、こっちは死人の白さである。皮膚はなめらかで傷やシミひとつなく、とても四十すぎの女だとは思えない。芽衣子からすると美しく病弱な人間はどうしたってはかなげに見える。はかなげな人間は悪人には見えない。

それにこれが一番肝心なことであったが、彼女はずいぶん芽衣子を気に入っていた。寝込んでいるときの身の回りの世話はもう石ではなく芽衣子の仕事になっている。芽衣子としても満世さんの介抱は嫌いではない。水仕事よりは楽であるし、婆さんと一緒の時よりはしゃべらないですむ。おまけに汗を拭くときには美しいからだが見放題である。美しい女のからだというのは女が見ていても少しもあきない。あるとき芽衣子がいつものように汗ふきをしていると、

「あの、私何かおかしなところでもありますか」と、満世さんが言った。芽衣子は我知らずにやついていたのである。

「いえあなたのからだがあんまり美しいので、つい笑っちまったんです」芽衣子は真面目に弁解した。むろんこんなことは女にしか言えない。女学校時代のくせで芽衣子は女を真正面から賞賛するのに全く抵抗を感じない。

「美しいからってあなた女でしょう。へんなことをおっしゃるのね」

芽衣子の真面目が通ったらしく、女は警戒をといたような微笑みを浮かべている。この笑みは相手にもくつろぐことを許可するような笑みでもある。自然相手との関係は女王と召使になる。それでいて召使は不快な気にならない。こういう笑い方は芽衣子はまだ身につけて

いない。

「でも美しいものに女も男もありません」

芽衣子の鼻息の荒さに、満世さんも息を漏らすように笑った。

「善也がどんな人を連れてくるかと思ってたけど、あなたみたいな人で安心したわ」

芽衣子は黙って聞いている。

「でも少し意外。善也があなたみたいな人を選ぶなんて。ああ、もちろんいい意味で言ってるんですよ」

どういい意味なのかは続きがない。待っているうちに、

「誠さんやお石とは打ち解けましたか？」と満世さんの方で話題を変えてしまった。

芽衣子はまだ誠太郎とは腰を据えて話したことがない。打ち解けるにはまだまだ時間がいるだろう。誠太郎はある程度より先は相手の親しみに応じないように見える。善也とのやりとりを見ていると特にそう思えてくる。冷淡なのとは違う。交際上の礼儀をわきまえ決してそれよりはは み出してこないだけである。兄弟でもそうなのだから、芽衣子にはいっそうよそよそしい。大人の態度と言えばそれまでだが、芽衣子としては少し寂しい心持ちがする。

一方お石さんは初めから距離がない。だからこちらも打ち解けたという表現はそぐわない。会った時からすでに古い知り合いなのである。気は楽だけれども、会話の中身は啓発や機知

とは程遠い。それでいて年の功なのか下の話題だけは豊富である。

「あなたはほんとに正直な人ですね」満世さんはやはり笑っている。「初めは女学校を優等で出たって言うからどんな人が来るかと思っていたけど、あなたみたいな人でほっとしたわ」

ここにきて芽衣子はやっとさっきのいい意味の中身がつかめた。しかしやっぱり褒められているのかけなされているのかわからない。

「だけど誠さんは決して上辺だけの人じゃないわ。今距離を置くように見えるのは、あの人なりにあなたを研究して試験してるんです。でもだからって身構える必要はありません。あなたならきっと誠さんの気に入ると思うし、もう少ししたら誠さんの方から胸を開いて寄ってくるわ。それにお石だってああ見えて誰かれかまわずしゃべり散らすわけじゃないの。あの人はあの人なりに人を選んでるのよ。だからあなたは自信を持っていい」

見立ては両方共外れていたわけだが、芽衣子は気づいていない。ただ褒められたこと以外は忘れて無邪気に喜んでいる。

「それに私だって誰とでもこんな風にしゃべるわけじゃないわ。それから当然善也もね」

善也のことを出されると、芽衣子はますます嬉しがった。

「一つ注意するとしたら、お石としゃべりすぎて仕事がちょくちょくおろそかになるところかしら」

「はい、そりゃあ重々」

釘を刺されても芽衣子はまだ笑みがおさえられない。甚だだらしない笑い方をしてるのが自分でもわかる。

「何かへんなことは吹き込まれなかった？」

満世さんもまだ笑みを残していたが、口調はふいに真面目になっている。芽衣子も、何かとはなんです、とは聞き返さない。いくら芽衣子でもそこまで愚の振りをするのは難しい。彼女はありのまま石から聞いたことを話した。満世さんの反応は次のようなものであった。

基本的にお石が言ったことは真をついている。いなご事件もそうだし、耶蘇教のこともそうだ。善也のことについても、耶蘇式の教育で甘やかしすぎたと言われれば黙って認めるしかない。いなご事件だってもとはと言えば、善也を虫にまで慈悲を施すような人間に育てた自分に責任がある。以上のことは自分は甘んじて裁きを受け入れるつもりである。

けれども誠さんの嫁いじめについてはこちらにも反論がある。誠さんの嫁の祥江《よしえ》さんという人はだいぶ抜けたところのある人で、確かに自分が叱ったことも多かった。しかし性格はさっぱりしていて、どれだけ叱りつけてもあまり反省しない代わり尾を引いたりもしない。次第に自分はこの嫁のことが好きになった。一年もすぎると本当の姉妹のような間柄になっていた。

祥江さんがやってきて二年目の、ある晴れた二月の朝のことだった。善也は用水池にスケートに出かけた。誠太郎は村の寄り合いに出かけていて夕方まで帰れない。満世は体調を崩して寝込んでいる。善也は一人でも大丈夫だと請け負ったが、満世は池に落ちたらどうすると言ってきかない。それで祥江さんが善也についていくことになった。こういうことをするとあとで決まってお石に過保護だと陰口をたたかれる。

しかし二人がびしょ濡れになって家に帰ってきたとき、満世は心底自分を褒めてやりたくなった。祥江さんは若い男に背負われ意識を失っている。幸い呼吸はしているので、からだを暖めてやればそのうち目を覚ますだろうと親切な若者は言った。満世が丁寧に礼を言うと、若者は、

「それより息子さんを褒めてあげてください」と言った。池に落ちたのが祥江さんで助けたのが善也なのだという。祥江さんは初めこそ保護者の役割を全うして、池の縁から善也が氷上を滑るのを見ていたが、そのうち自分もやりたいと言い出した。見てるだけに飽きた上、立ちっぱなしでからだが冷え始めたらしい。善也は靴を貸してやったが、祥江さんは経験がないのでうまく滑れない。進んでは転びを繰り返している。他の子どもたちは指差して笑っている。それでいて本人は楽しそうである。靴はちっとも帰ってこない。陽は暖かくなって

くる。氷が溶けると危ないのだが、他の子どもたちが帰っても祥江さんは帰りたがらない。ようやくこつをつかんできたというのである。確かにすいすい滑っている。善也は黙って見ていたが手足がかじかんでくる。放って帰ろうとした矢先、祥江さんはまた盛大に尻餅をついた。鮮明で神経質な音が次々に分岐して池の表面を這っていったかと思うと、祥江さんは水音を立てて氷の下に落下した。善也が水の底から引き上げたとき、祥江さんの息は止まっていた。しかし善也が蘇生を試みるとすぐに水を吐き出して呼吸を始めた。

「僕はそのあと息子さんがこの人を背負って歩いてるところに通りかかっただけなんです」

と、若い男は経緯を説明した。

祥江さんは翌日に目を覚ました。話を聞くと記憶が怪しい。天に穴が空いて、光が差し込んで、あたりが白くなって、善也が舞い降りてきて、自分を抱きかかえ飛び上がったのだと繰り返している。善也が飛んだのではなく、あなたが水の底にいたのだと言い聞かせても納得しようとしない。祥江はよそでも言いふらしたので、すぐにこの話は村中の知るところとなった。困ったのは善也である。朋輩にはからかわれるし、上級生には髪の毛を掴んで自分を持ち上げてみろと無茶を言われた。

しばらくすると、祥江さんは来年の春に大洪水が起きて、米岡は村ごと水の底に沈むだろうとも言い出した。瞳には依然幸福な夢の鈍い酔いが残っている。祥江さんはしょっちゅう教会にお祈りに行くようにもなり、仕事もろくに手につかないので伏見の実家に送り返された。予言の大洪水は来年の春なのだから、その時期がすぎれば、またこっちにもどってきてやりなおせるだろうというのが来栖家の総意だった。

しかし祥江さんが戻ってくることはなかった。彼女は伏見の実家に戻ってからも予言を繰り返した。周りがここは米岡からだいぶ距離があるから大丈夫だと言っても聞く耳をもたない。毎日のように洗面器に水を張って息止めの練習を繰り返す。洪水は数分で海へと流れるのでそれまで耐えるためである。いくら家族が止めても練習をやめない。そのうち記録はどんどん伸びる。初めは顔をつけるのも怖がっていたのに、練習を始めて一週間で一分を超えた。一分が一分半になり、二分になり、二分半になり、三分になり……とうとう永遠が訪れた。洗面器から引き上げたとき彼女はまだ目を見開いていた。何を見ていたのかはもう誰にもわからない。家の中で溺死したことが米岡にも伝わって、今でも祥江さんの話は村人の多くが知っている。

こうなると今度は善也の供述が欲しくなる。芽衣子はまだ善也と寝室を共にしていないが、善也はたいてい一日中書斎にこもっているので、仕事の合間に聞く機会はいくらでもある。けれども面と向かっては聞きづらい。下手に聞いて嫌なことが出て嫌な思いをするのも嫌である。かといって仮説を並べ立てるのも品が無い。少なくとも善也は誠太郎と違って自分を研究の目で見ることがない。それなのにこっちが善也を研究するのは何だか罰当たりな気がする。そもそも芽衣子は自らの分析に信を置いてない。結局彼女は深く考えないようにした。実際善也に不満はない。顔がよくって頭がよくって優しいのだから男としてはそれで十分だ。

けれども石に言わせれば善也はあれで怖い一面があるらしい。七歳のときには近所の犬を殺したことがある。何度も吠えられて腹を立てたからだそうだ。婆さんは他にも小さい頃にはいろいろあったのだといかにも含みを持たせたことを言う。それで芽衣子がいざ掘り下げようとすると、

「いろいろはいろいろだ」と言って仕事に戻ってしまう。一人で食器を流しながら、ああ、怖い怖いと言って本当に怖そうな顔をする。怒っていても怖がっていてもこの婆さんはどこか滑稽味が抜けない。だから芽衣子も決して彼女を嫌いにならない。

不思議なのは善也である。いなごはかわいそうだから逃がして、犬はむかついたから殺すのでは道理が通らない。芽衣子は例によって満世さんに聞いてみた。すると善也は犬に吠えられただけじゃない、噛まれたんだという。おまけに殺したのも善也ではない。近くを通りかかった農夫が見るに見かねて鋤《すき》で突いたのである。そんなに獰猛な犬だったのかと芽衣子が聞くと、まるでケロベロスのようだったと見てきたようなことを言う。芽衣子にはケロベロスが何のことだかわからない。あとで調べてみると地獄の番犬で頭が三つもあるそうであ

る。満世さんは耶蘇教に精通しているのでそんな比喩が出たんだろう。しかし少々大げさである。この分だとそれまでのくだりもずいぶん怪しい。婆さんも満世さんもまだ何かを隠しているに違いない。

芽衣子は思い切って誠太郎にもこの話を聞いてみることにした。ある日芽衣子は誠太郎がまだ夜も明けやらぬうちから田畑の様子見に出たあとをつけ、家から一町ほどのところで声をかけた。

「やあおはよう」と言って、少しも驚いた様子はない。立ち止まろうともしない。「だいぶあったかくなってきましたね」

「そうですね」

芽衣子は誠太郎の少し後ろをついていく。草履が叢《くさむら》の露に濡れて足先がかじかむ。東の空は微かに明るくなってきたが、あぜ道の先はまだ暗闇に潜り込んでいる。誠太郎の歩調は芽衣子からするとずいぶんのろい。

「もうこっちにきて一ヶ月になりますね。石や満世さんにはもう慣れましたか?」

慣れることには慣れている。しかしあとになるほどわからないところが増えてくる。けれども芽衣子はその場は、

「そうですね」とだけ答えた。何となくまだ本題に入る気にはなれない。

「ならあとは僕に慣れたらいいだけだ」

誠太郎はそう言って一人でにこにこしている。芽衣子は何と言っていいかわからず、やっぱり、

「そうですね」とだけ答えた。

誠太郎は声をあげて笑っている。芽衣子は自分でも気のきかない答えだと思ったが、あとをどうつけていいのかもわからない。黙って歩いているとだんだん夜が明けてきた。あぜ道の左右に広がる稲田が黄金色に輝き出し、雲の影がさかんに走り始める。風はまだ硬く冷たい。遠くの森の方では鳥たちが朝を歓迎するようにやかましく鳴きあっている。芽衣子は話すこともないので、

「鳥が鳴いてますね」と、言ってみた。自分でもばかみたいである。

「あれはモズだ。きちきちきちきち鳴いてるでしょう」

芽衣子は耳をすましてみた。なるほどそう聞こえなくもない。

「なぜあんな風に鳴くのか知ってますか?」

つも自分の食い分を耕太郎にくれていた。耕太郎は初めは感謝していたが、そのうちあれだけ気前がいい、つまり自分だけこっそり何かを食ってるに違いないと思い始めた。ある夜耕太郎は穏やかに眠っている吉次郎の腹を斧で裂いてみた。すると吉次郎の胃の中は木屑でいっぱいである。兄に食事を与える代わりに自分はそんなもので我慢していたのである。耕太郎はあまりに悲しくて「きち、きち」と弟の名を呼び続け、鳥になって飛んで行ってしまった。だからモズは今でもあんな風に鳴くのである。

「秋になるともっと激しく鳴き出します。あれは縄張り争いをしてるんですね」

それからモズははやにえと言って、捕まえた獲物を木枝に刺したりするが、このはやにえの高さで冬の積雪がうらなえる。低いところにあれば積もらないし、高いところにあれば大雪がやってくる。

芽衣子は外だと誠太郎がよく話すのに驚いた。家ではすれちがっても一言二言しか交わさない。しゃべりだすとしゃべりかたは善也に似ている。しかし話題はまるで違う。

「今日はどうしたんですか？」

誠太郎はようやくこの点に触れた。気を遣っていたというより気がつかなかったように見える。このぐらいのんびりやってくれると芽衣子も気楽でありがたい。

「聞きたいことがあるんです」

「何ですか」

誠太郎は初めて足を止め、田畑ではなく芽衣子の顔をじっと見た。善也とは違ってのっぺりした顔つきである。髪は全体に薄く頭頂部は桃色の地肌が透けて見えるが、顎には黒々とした髭をたっぷり蓄えている。婆さんによるとこのために誠太郎はかつて郷司に連れられて茶屋に遊んだとき、若い芸妓に頭が逆さだとからかわれたことがあるらしい。誠太郎は物怖じせず、「下に行けばもっと毛は濃くなります」と言って、満座を哄笑させた。風呂上がりに着物がはだけたときなど、確かに誠太郎の胸元は濃い毛で覆われている。芽衣子は初めこそ唖然としたものの、慣れてくると却って好奇心を抱き、盗み見するようになった。善也のうなぎのようにつるりとしたからだとはまるで違う。婆さんは誠太郎は手が大きいから一物も相当なものだろうと推察しているが、流石にこれはまだ見たことがない。

「どうしたんです。ぼんやりして」

芽衣子は我に返ったが、今考えていたことは口に出せない。善也のことで正面からぶつかろうと思ったが、なことを言っていると自分でも思う。けれども今日の誠太郎には不思議とすらすら言えてしまう。

「試験だとか研究だとか、僕にはそんなつもりはまるでない」誠太郎は再び歩き出したかと思うと、珍しく断固とした調子で言った。「そもそもあなたを連れてきたのは善也です。僕には教育がないから善也が何を考えてるのかはわからない。けれども理解はできなくても信頼はしている。善也が選んだ人ならきっと立派な人だろうと思ってる。仮に立派じゃなくたって、弟が選んだ嫁に兄が口を出すなんて変な話だ。うん、こういう言い方が誤解されるのかな」

誠太郎はまた足を止めて芽衣子の方を見た。

「はっきり言っておきますが、僕は個人的にもあなたをすばらしい人だと思ってる。けれども自分は善也のようには感情がすぐ表には出てこない人間です。だからあなたも誤解しないでください。あなたは大人の態度と言ってくれたが、むしろ僕はその点でまだ子供なのです。距離をあけてるんじゃなくて距離があいてしまうんです——石や満世さんから祥江さんの話は聞きましたか？」

芽衣子は頷いた。誠太郎はもう歩き出している。

「石は満世さんがいじめたからだと言ってるけど、いくら僕にだってあの二人が本当に仲がよかったことぐらいわかる。あんなことは僕がもっと祥江さんに正面から愛情を注いでいればきっとおこらなかったはずなんだ。僕は昔結婚を約束していた人に逃げられたことがあってね。以来女性にはすっかり臆病になっちまったんです。祥江さんだってこっちに来たばかりのときはずいぶん明るい人だったのに」

誠太郎の読みは半分はあたっている。あとの半分は考えすぎである。婆さんの言うように謙虚といえば謙虚だが、悪く言えば被害妄想である。しかし芽衣子には訂正のしようがない。

「僕がこんな風に考えていることは満世さんには秘密にしてください。また気を遣われちまうからね」

芽衣子は何だか誠太郎がかわいそうな気がしてきた。むろん気のきいた慰めなどは出てこない。気のきかない慰めを言うほど軽薄でもない。だからただ黙っている。幸い二人は歩いている。足先もだいぶ暖まってきた。会話が途絶えても気詰まりではない。モズは相変わらずきちきち鳴いている。そのうち蝉も鳴き出した。日差しはまぶしくなり、黄色いあぜ道に二人の影が濃く浮かび上がっている。どこかから漂ってきた焼き畑の焦げ臭い匂いが妙に懐かしい。田畑には農夫がぞろぞろ出てきて、用水路では婆さん連中が野菜を洗いながらおしゃべりしている。誠太郎を見るとみな威勢良く挨拶する。次々声をかけられるので芽衣子は誠太郎の隣で恐縮し始めた。

林道に入ってまた二人だけになると、芽衣子は犬の話を切り出してみた。するとまた新説がでた。善也は犬に睾丸を噛まれたのだという。善也は必死に抵抗したが犬は食いついて離れない。たまたま通りかかった農夫が助けてくれたからよかったものの、そのままだったら食いちぎられていてもおかしくはなかった。どれくらい凄まじかったかというと……そこまできて誠太郎はちょっとためらった。

本来ならばもっと早くに言うべきことではあるが、実は善也はもう子供が作れないかもしれない。もっとも診断を受けたのは十年以上前だし、医者もほのめかした程度のものだから心配しすぎる必要はないと思うのだけれど、そういう可能性があることは確かである。善也は中性的で美しい顔立ちをしているが、それも医者に言わせればホルモンバランスの崩れの一症状であるらしい。身内びいきかもしれないが米岡には容姿をとっても頭脳をとっても善也の右に出るような男はいない。けれどもこの一件が大げさに受け取られているせいで村ではなかなか嫁の来手がない。だから自分は前々から善也の相手は村の外の人間をと考えていた。そこへ都合よくあなたが現れたというわけである。来栖家の実情を包み隠さず言えばこの通りだ。しかしこう言うと厚顔に思われるかもしれないが、どうかあなたがた二人には結婚してほしいと思っている。家同士の問題もあるだろうが、本人同士が好き合ってるならそれが一番だし、何より自分は愛した人と結ばれず非常につらい思いをした。その思いはできれば弟には味わって欲しくない。むろんあなたにも。

芽衣子は誠太郎が何でも正直に話すのに感心した。婆さんが高く買っているのももっともである。これなら初めからこの人に話を聞いておけば早かった。芽衣子は結婚の話が出て気をよくしているので評価が甘くなっている。子種云々の話も楽観視してしまっている。芽衣子は誠太郎に翻意する気がないことをはっきり言った。

「そりゃよかった。でも急いで答えを出す必要はありません。善也はあと一ヶ月でアメリカに旅立ちます。帰ってくるのは早くても一年後です。若いものが一年以上会えないのはたいへん辛いとは思いますが、考えを整理するにはいい時間だと思いますよ」

二人はそれから三〇分ほど歩いて家に戻ってきた。二時間近く二人で歩いていたことになる。誠太郎によると芽衣子が歩くのが速いのでこれでもいつもよりかなり早い方らしい。

「もう少しゆっくり歩いたほうがよかったですか?」

誠太郎は笑って、

「いや君はそのペースでいい」と答え、大きく節くれだった手で芽衣子の髪をくしゃくしゃにした。芽衣子は驚いて声も出ない。と同時に満世さんの言ってたことにも合点がいった。芽衣子は真に来栖家の一員として受け入れられた気がした。

以来芽衣子は誠太郎を恐れなくなった。仕事のない朝は散歩にもついていく。誠太郎は相変わらず無口ではあるが、ときどき例のくしゃくしゃが出る。彼がこれを行うのは村の子供や犬以外では芽衣子に対してだけである。初めは手を振りかざされるたび身を固くしていた芽衣子もすぐに慣れた。

来栖家での生活が始まって一ヶ月が経ったが、みな相変わらず芽衣子に優しい。満世さんと誠太郎のあいだにも婆さんが言うようないさかいがあったようには芽衣子には見えない。ただ困るのは食事である。満世さんと善也は耶蘇式のお祈りをする。誠太郎と婆さんは黙って見ている。むろん芽衣子も黙って見ている。お祈りぐらいはやってもいい気もする。

アメリカに発つ二日前の夜、善也は芽衣子を二階の書斎に呼びつけた。実を言うと芽衣子はこの書斎があまり好きでない。本は今でも好いている。善也のことも好いている。しかし善也が書物に割く時間はちと多すぎる。せっかく手が空いて声をかけてもたいてい上の空である。本を読みながらうんとかああとか適当な返事をする。そのことをよそで笑い話にしてしまうほどには芽衣子の若い血潮は暖かすぎる。善也本人を憎むほどには惚れ気が十分抜けてない。だから芽衣子はすべての責を書斎という環境に押し付けた。散歩に誘ったことも何度もあるが、なかなか外には出たがらない。わけを聞けば君の歩くのが速すぎるからだという。鹿野で散歩していたときは無理をして芽衣子のペースに合わせたらしい。じゃあ遅くしましょうと言えば女に合わせてもらうのは癪《しゃく》だと子供のようなことを言う。しかしどこだかかわいらしい。満世さんはこの篭もり癖を山伏の修行のような求道的態度ととらえている。誠太郎は単なる出不精だととらえている。婆さんは社会への消極的な謀反だととらえている。芽衣子はまだ何ととらえていいかわからない。

善也は窓のそばの胡桃《くるみ》材の机に向かっていた。灯りは読書用ランプだけなので書斎の中は甚だ暗い。机の上に置かれたウイスキーの瓶や銀時計が黄色い光を受けて億劫そうにつやめいている。善也はノートに少し書き込んでから椅子をこちらに向けた。

「やあこんばんは。仕事はもういいんですか?」

「ええ、もう終わっちまいました」

「こっちにはもう慣れましたか?」

「もう一ヶ月経ちましたからね」

善也も最初のやりとりはいつまで経っても敬語である。内容もよそよそしい。何だか医師の問診のような気持ちになる。

「また勉強してらしたんですか?」

「これ? これは遊びさ。中田重治《なかだじゅうじ》という人の論文でね、聖書は暗号だとか、キリストは近々再臨するだとか、猶太《ユダヤ》人と日本人は祖を同じくするとか、過激なんだが面白い。この人もアメリカの大学で学んだらしいんだが、確かにこういう発想は日本にいては出てこない」

「あなたもアメリカに行けば過激になって帰ってくるんですか？」芽衣子がからかうように言うと、善也も、

「ことによるとそうなるかもしれない」と言って、ようやく打ち解けた笑みを見せた。

善也はウイスキーを呷《あお》って芽衣子に回した。最近では夜芽衣子が書斎にきたときは必ず飲んでいる。芽衣子も一口含んで返すと、善也は、

「僕が発ったあとはうちのことを頼む」と急に真面目になった。満世さんのことが心配らしい。

満世さんは近頃体調を崩している。かかりつけがルンゲ博士から阪大の種島さんになったことがだいぶ影響してるそうである。去年の四月に制定された宗教団体法の影響で、米岡でも耶蘇教に対する態度を考え直す人が増えている。幸い誠太郎の運動のおかげで教会のとりこわしはなくなったが、官憲の目も厳しくなってきたこともあり宣教師でもあるルンゲ博士は来栖家に出禁となった。けれども新しくきた種島さんという人は古いタイプの医者でなかなか薬を出したがらない。今まではルンゲ先生にこれこれの注射をしてもらっていたと言っても、自分の方針を曲げようとはしない。

「だけど兄さんにも困ったもんだ。何も博士を出禁にしなくたっていいのに」

善也は、誠太郎の博士への処置を満世さんに対する緩慢な復讐のように考えている。博士

が来栖家に出入りするようになったのは、以前から満世さんと交流のあった聖霊会の聖園《みその》テレジア氏の紹介によるもので、誠太郎はその方面の繋がりを厭わしく思っていたのだという。芽衣子はすぐには反駁のことばが出てこない。酒のせいか胸ばかりむやみに熱くなっている。

「でも実を言えば僕もまだ耶蘇に対する態度を決めかねてる。といっても弾圧なんか断固反対だ。あんなむやみに耶蘇教をいじめるのは自らの劣等を正直に白状してるようなものだ。本当に見下してるならいくら放っておいたってかまわない。そうできないのは畢竟《ひっきょう》相手が恐ろしいからだ。いくら文明開化だ一等国だって気勢を吐いたって、自分で信じてないんだから仕方ない。かと言って僕は母みたいにむやみに耶蘇を信じることもまたできない。だから未だ洗礼も受けられずにいる。むろん教会はよく行く。聖書もたいてい暗記している。お祈りだって欠かさない。しかし何に祈ってるのかは自分でもはっきりわからない。小さい頃は無邪気に彼らの言うＧｏｄだと信じていた。それが近頃ずいぶんぐらついてる。それでいて祈りは前より熱心だ。これじゃあ兄や母を笑えない……そのあたりが向こうに行けば自然にはっきりしてくるのかしら？」

最後の一言は誰に聞いたのかわからない。酒で微かに潤んだ瞳は宙を見つめている。芽衣子は返事に窮した。

「最近弟のことをよく考えるんだ」

善也の口から弟のことが出るのは初めてである。「いるんですか？」

善也はまたウイスキーを呷ってから、

「いた」と答えた。「そしてとっくに死んだ。いや生きもしなかった。母は双子を孕んで僕は先に世の中に出たんだが、弟は永久に出てこなかった。二〇になってこの話を初めて母から聞かされたとき、僕は大した感動を興さなかった。しかしこのごろ妙に気にかかる。弟は僕に先を譲ったんだろうか？　それとも僕が先を奪ったんだろうか？　あるいは追い出されたんだろうか？　出るのがいやになったんだろうか？　生きていれば弟は今頃二四になる。僕も出てこなけりゃ未だに零歳だ。ねえ君、僕が向こうで死んだらどうする？」

「どうって、悲しいわ」

酒を飲んだせいか、芽衣子は本当に悲しくなった。善也はからかうような笑みを浮かべ、瓶に残った液体をくるくる回しながら、また、

「悲しいだけか？」と聞いた。

芽衣子は善也から瓶をひったくって残りのウイスキーを一気に飲み干した。喉が焼け胃の底がじんわりと温もってくる。「アメリカで死んだって、お盆ぐらいには帰ってきて欲しいわ。耶蘇の神様だってそれぐらい許してくれるでしょう」

善也は真っ白な歯を顕《あらわ》にして笑った。どういう意味の笑いなんだか芽衣子にはわからない。

ただむやみに悲しい。

「それより戦争があったら帰ってこないの？」

「いや帰ってくる」善也はきっぱり言った。「そして君と結婚する」

2

善也がいつからおかしくなっていたのかはわからない。初めからだというのは婆さんの説である。一方で最後まで正気だったという説もある。これは芽衣子が密かに唱えている。しかし自分でも甚だ心もとない。誠太郎がどんな説を持っているのかは今でも聞けない。

一番有力なのはアメリカで変になったという説であるが、これにはいろいろ論拠がある。善也はニューヨークについたばかりのころ、しきりに手紙を送ってきた。初めはブロードウエイやメトロポリタン等名所を回って無邪気に彼の国の物質的栄華を言祝《ことほ》いでいた。けれどもそのうち愚痴が増えてくる。水が合わない。食物が合わない。人が合わない。その他いくらでも出てくる。一ヶ月も経つと、大学もこき下ろし始めた。あのぐらいの講義なら独学で十分だと身も蓋もないことが書いてある。西洋人ともとっくに交際していない。偉い人に会うには衣服代も馬鹿にならないし、むやみに時間を浪費するのに世間話しかできないからだという。

一一月末になると善也のもとに駐米公使から通知がきた。日米間がいよいよきな臭くなってきたので最後の引き揚げ船で帰国しろとある。善也としてはいくらアメリカに幻滅したと言っても三ヶ月で戻るのは早すぎる。しかし時を同じくして米岡からも手紙が来た。こっちには、長く見積もっても母はこの冬をこせないだろうと診断された、母はヨゼフ・フロジャックなる高名な神父が経営する東京の専門的な療養所に移りたいと訴えたが、これは誠太郎が認めなかったとある。善也は帰国を決意した。

ところが一二月一四日にロサンゼルスへ到着するはずだった引き揚げ船は、一二月八日の開戦で太平洋上で日本へと引き返してしまった。善也はロサンゼルスで途方にくれた。ニューヨークの下宿は引き払ってる。大学の籍も抜いている。金もほとんど残ってない。同じく引き揚げ船を待っていたカリフォルニア大学の留学生と知り合って、彼の下宿に居候させてもらうことになった。

年が明けても日本に帰れる気配はない。その間も母はどんどん悪くなる。対日感情も悪化して外に出ると白い目で見られる。善也は下宿にこもって勉強を続けた。日猶同祖論の研究もこのあたりから本格的にやり始めたらしい。

二月になると大統領令九〇六六号が出た。善也は逮捕され、取り調べの結果敵性外国人として北西部の収容所に大量の日系人とともに放り込まれた。収容所には監視塔があり、周囲は有刺鉄線で囲まれていて、全ての建物に星条旗が掲げられていた。

収容生活が一ヶ月経つと、最初の自殺者が出た。支給された剃刀で手首を切っていたので、すべてのバラックから剃刀がとりあげられた。当然男たちは二週間もすれば髭をたっぷり蓄える。兵士たちからするとひげがないのが子供か女だということはかろうじてわかる。しかし他は見分けがつかない。兵士たちは剃刀を返す代わりに、男達に一から七〇〇いくらまでの番号札を下げさせた。番号札を外して外を出歩くものは、即座に銃殺の対象になる。男たちは番号札を何かの拍子に落としてしまわぬよう、番号札の紐を首輪のようにきつく締めた。三ヶ月後に収容所を出たあともしばらく善也の首についた跡は消えなかった。

一九四二年の六月、善也はニューヨークで日本行交換船のグリップスホルム号に乗りこんだ。この時点で母は死んでいる。割り当てられたのはEデッキと呼ばれる最下層部の窓がない一室である。ボーイですら今まで使った人を見たことがない。天井は低く揺れは大きく、いつでも嫌な臭いがこもっている。おまけにたびたび鼠が出る。同室の雑貨商は定期的に甲板に出るが、善也は誘っても部屋から出てこない。いつ見ても何かを書いてるか本を読んでいるか、何かを書きながら本を読んでいる。鼠たちが船底をかじって穴を開けないよう見張っているのだという。雑貨商にはどこまで本気なのか判別できない。

船が喜望峰をこえポルトガル領モザンビークのロレンソ・マルケスまでくると、乗客たちは浅間丸に移った。新しい船でも乗客は相変わらず様々な催しを開いている。劇や講演、運動会、音楽会、勉強会、誰もが暇を持て余している。善也もある日船底からあがってくると、『日猶同祖論』の題で演説をぶった。聴衆はたったの四人である。うち二人は猶という字を何と読むのかわからない。あとの二人は読めても意味がわからない。善也は彼らの鈍い血潮を加速させようと試みるがごとく、凄まじい早口でまくしたてた。

リオから乗ってきたものは二〇日間、ニューヨークからのものは一ヶ月以上船旅を続けていることになるが、最近では乗客どうし打ち解け、連日非常に愉快な催しが開かれている。しかしいくらご機嫌でもなぜ我々がここにいるのかを決して忘れてはならない。我々がここにいる根本原因、それは米国との戦争である。では米国との戦争はなぜ起きたのか？　賢《さか》しらな人間はこう答えるだろう、むろん資源や領土の奪い合いのためである。けれどもそれでは最終説明には物足りない。我々が喉が乾けば水を飲むのは一見肉の要求のように思えるが、元をたどれば霊の要求である。国家も同じである。米国と我々の物質的闘争の根本には必ず霊的闘争がある。即ち八百万の神と西洋のＧｏｄである。米国は西洋のＧｏｄを崇めるがゆえに我々の神々を蔑《さげす》むのである。彼らは基督《キリスト》の教えを深く信じるがゆえに、日本人を白人まで進化がいたらなかった猿同然の生物、あるいはそこまでいかずとも世界地図の一番隅にある野蛮な異教国の土人ぐらいに考えている。自分の研究は彼らが確信しているこの霊的優越こそを逆手にとろうというものである。つまり起源の奪還である。自分の見方に誤りがなければ、西洋基督教世界の尊属であるところの猶太の民は、そのルーツを日本人と同じくする種族である。これは大日本帝国を世界の神州帝国として君臨させるためのコペルニクス的転回、まさにRevolutionなのだ！　証拠はいくらでもあげられる。石灯籠に刻まれた六芒星に代表されるような二つの文化・言語・宗教的行事の類似性、北王国イスラエルがアッシリアに滅ぼされた際の「失われた十支族」が、歴史の表舞台から姿を消した時期と、神武天皇が建国した時期がちょうど重なる点……。

善也はますます大声になる。ことばはいくらでも出てくる。気づけば聴衆が増えてきた。善也の痙攣じみた語り口に引き寄せられてきたらしい。中に一人牧師が紛れ込んでいて、途中で演壇に怒鳴り込んできた。兵士たちが止めに入ってくれなければ、殴り合いになっていたに違いない。

善也の演説は反響を呼び、翌日から日猶同祖論についての勉強会が開かれるようになった。特に兵士たちは善也の研究に深い関心を示し、他の乗客たちにも積極的に参加を呼びかけてくれた。

「わが皇室はイスラエルの大王ダビデの直系であり、我々と猶太は神に選ばれたただ一つの民族である」船が横浜港に到着する前日、善也はそう言って最後の勉強会を締めくくった。「終末戦争の最後には必ず救い主が我々のもとを訪れるだろう」

○

芽衣子と善也は満世の喪が明けた一九四三年の四月に籍を入れた。しかし時節柄祝言《しゅうげん》は両家族だけのつつましいものだった。

善也の徴兵は誠太郎の手回しによってまぬがれていた。帰ってきてから善也は例の日猶同祖論の研究で以前にも増して書斎にこもるようになっている。机に向かっているときは芽衣子も容易には近づけない。空襲警報が鳴り響いても相変わらず机から動かない。芽衣子は防空壕でお宅のご主人は、と度々聞かれてたいへん困った。

善也は書斎の机の御真影の横にいつも水槽を乗せていた。これは米岡基督教会に洗礼用に置いてあったものである。決して盗んだわけではない。供出を避けるために回収してきたのである。すでに教会でも鐘は軍に引き取られてしまっている。いくら心の中の教会が大事だといっても現実の教会が空っぽになってはちょっと寂しい。それにこの水槽はもともと来栖家のものでもあった。

善也の祖父邦彦は一八八九年のパリ万博で巨大な水族館に感銘を受け、帰国後すぐに水槽を購入した。ちょうど米岡にも電気が通り出した頃で、邦彦はエアポンプも導入して金魚鑑賞を楽しんでいた。けれども周囲の理解は得られなかったらしい。邦彦が死んでしまうと水槽は押入れの奥にしまい込まれた。

この水槽が米岡基督教会の設立によって再び日の目を見ることになった。建設当時教会にはまだ洗礼用の水槽は置いていなかった。しかし水槽はちゃんとしたものを作ろうとするとだいぶ値が張る。牧師が大学の神学者に聞けば水槽はガラスでも水さえ入れればそれで十分だという。そこで来栖家の水槽に白羽の矢が立った。

善也はときどき机に向かいながらこの水槽を眺めている。水槽には水の他には何も入ってない。芽衣子には何が面白いのかわからない。長い時には一時間くらいは平気で見てる。芽衣子がガラスに映っていても目もくれない。つまらないから一度水に手を突っ込んでばしゃばしゃやるとすごい剣幕で怒られた。芽衣子からすると納得がいかない。

ある夜芽衣子は善也が寝静まったのを見計らって水槽に二匹の金魚を入れた。この金魚はフィリピン占領祝いの祭りで誠太郎がとってくれたものである。善也は祭りに来なかった。翌朝書斎に入るなり善也は大きな声をあげた。芽衣子がすまし顔で様子を見に行くと、

「君は金魚を殺す気か」とまた怒鳴られた。わけを聞いてみると今回は芽衣子の分が悪い。金魚を育てるには新しく清潔な水、少量の塩分、エアポンプ、底に詰める砂利石等々が必要である。しかるにこの水槽は何一つ満たしていない。これでは弱った金魚は三日と生きられない。こんな水槽に金魚を放り込むのは、風邪っぴきを真冬のシベリアに送るようなものである。確かに金魚たちの動きには元気がない。

幸い金魚たちは善也が環境を整えてやるとすいすいと水槽の中を泳ぎ始めた。ときどき善也は食い入るように見つめている。その視線が水だけのときとどう違うのか判然としない。けれども傍から見た画はだいぶ健全になった。善也は金魚の世話も真面目にやる。書斎からはやっぱりなかなか出てこない。以前よりもこもる時間は増えている。金魚は裏目だったかもしれない。

善也はたまに芽衣子と話すときも決まって自分の研究の話をする。彼の日猶同祖論は、「イスラエルの失われた十支族」が歴史の表舞台から姿を消す時期と、極東で神武天皇が大和を建国する時期が重なっている点に目を付け、東の地に逃れた猶太の民こそが日本の祖であるとするものであった。その証明のため善也は日々熱心に様々な資料や伝承や得体の知れない古文書を集めている。しかしそのうちもっと大きな構想にとりつかれた。彼は神代の起源まで少しずつ自らの家系を辿り始めた。最終的に一族の歴史も結びつけてしまおうというのである。となるとますます多くの書物や文書や家系図が必要になってくる。次第に書斎に足の踏み場がなくなってきた。善也は集めた資料から自分の説に合致するものを好きなように抜き出し、年代記の空白に当てはめていった。必要があれば大幅な改変も辞さない。伝説と史実、虚構と事実の境もどんどん曖昧になっていく。一度善也は、今にもぼろぼろと崩れてしまいそうな黒い紙切れを高値で大量に購入したこともあった。善也が言うには応仁の乱で焼けてしまった貴重な荘園資料であるらしい。芽衣子からするとただの薄汚い紙にしか見えない。しかし善也は誰の目にも黒ずんだ焼け跡にしか見えない箇所もすらすらと読み上げて見せる。これでは芽衣子も敵わない。

善也はしばしば書きかけの論文を読み上げて芽衣子に感想を求めたりもする。下手をすると寝床で一時間以上聞かされる。途中で寝れば揺り起こされる。真面目に聞いてもわからない。しかし当人は至極真剣である。自分で自分の文章に大いに啓発されている。確かに善也の読み方には活気がある。鼻息も荒い。難しい漢語や横文字がたくさん出る。それから警句も効いている。だからちょっと聞いていると大論文のように思えるが、中身は同じことの繰り返しである。何度も聞かされる身はたまらない。

善也の研究が、数冊のノートに神代からの一族の年代記というかたちでまとめあがったのは一九四五年の三月のころである。その頃すでに芽衣子の腹に新しい生命が宿っていたが、善也は軍に志願すると言ってきかなかった。彼の創造した年代記の最後には、大日本帝国がこの戦争で勝利し、ついに日本人＝猶太人は紀元前の昔から続く受難を乗り越え、基督教的西欧文明の尊属として再び世界に君臨することが予言されている。彼の息子も戦争が終わったころに生まれることになっている。芽衣子は勝手に息子に決められているのに驚いた。善也はこの息子に十という名前を与えた。十字架の十に、猶太の jew である。満世さんの善也を笑えない。この息子十は、戦争で荒廃しきった世界の、「新たな救い主」になるのだという。「新たな救い主」が何なのかは具体的な言及がない。予言はそこで終わっている。

出征前夜も善也は書斎にこもっていて、書類の整理を行っていた。芽衣子は流石に起きて待っていた。善也が寝室にきたのは夜更けのことである。水槽を大事そうに抱えている。出征前にこれで洗礼をして欲しいというのである。善也によれば今は宮中でも皇后を中心に耶蘇教への改宗の動きがあり、天照大御神にヤハウェの音があてられる日が迫っているという。もう付き合っていられない。洗礼でも何でも一人で勝手にするがいい。

「そりゃだめだ。自分でやっちゃ洗礼にならん」

「知りません。私はもう眠いんです。出かけるときになったら起こしてください」と言って芽衣子は再び布団にもぐりこんだが、すぐにひっぺがされた。三月なので布団がないとかなり寒い。

「夫があと数時間で出征するというのにそんな態度をとる妻があるか」善也は障子を開けて布団を廊下に放り出すと、再び水槽を持って芽衣子に押し付けてくる。「さあ、やりなさい」

「いや、やらない」

何度か押し問答が続いた。いくら断ってもきりがない。芽衣子はいっそ水をぶちまけてやろうと考え、水槽の底に手をかけた。しかし善也は芽衣子がようやく受け取ってくれるのだと思って一瞬手の内を緩めた。当然水槽は落下する。幸いガラスは何ともなかったが、中身は空っぽになっている。芽衣子が視線をあげると、驚いたことに中の水はまだもとのかたちを保ったまま宙に浮かんでいる。

しばらくすると水面の漣《さざなみ》もやんだ。直方体はちょうど芽衣子の目の高さで空に留まっている。こごっているようにも見えたが、手を差し込むとこぼれた水が腕を伝い落ちていく。水は恐ろしく冷たい。二匹の金魚が指先を避けるたび水の動きが感じられる。気がつけば善也も水の中に腕を突っ込んでいる。ちょうど二人の真ん中で指が触れると、芽衣子は思わず笑みがこぼれた。さっきまでの怒りはもう消え失せている。

「こいつぁすごいや」

二人は何かを確かめるように手のひらを合わせ、指を絡めた。金魚たちはこの一本の腕の周りを優雅に泳いでいる。どのくらいそうしていたのか、開いた障子の隙間から柔らかな針のような朝陽が差し込んだ。途端に水は真下の水槽に向かって落下する。金魚は相変わらず悠然としている。水槽に戻ったことに気づいていないのか、そもそも水槽から抜け出たことに気づいていなかったのかもしれない。

「僕は生きて帰ってこられるかな？」

芽衣子は何とも答えられない。差し込んでくる朝陽がまぶしくてまだまともに善也の顔が見られない。善也は握っていた手をようやく離したかと思うと、今度は芽衣子の腹に手をやった。「この子は世界の救い主になれるだろうか？」

3

十がまともに口をきくようになったのは四歳をすぎてからである。それまではなかなかしゃべらず芽衣子は知恵遅れかと思っていた。いつ見ても眠っているのでいつから赤ん坊でなくなったのかもはっきりしない。あまり長いあいだ眠るので死んだと思ってつついたこともよくあった。

ことばを覚え出すと行動も活発になり、行動が活発になるとばかだとわかった。来栖家ではどうしても必要なとき以外は二階にあがってはならない。けれども何度言っても十はきかない。書斎は鍵がかかって入れないのでベランダから庭を見下ろすだけで喜んでいる。ついに父は次にあがればげんこつだと叱った。翌日十はまたあがった。父が階段を駆け上がってくると、ベランダからひらりと飛び降りた。げんこつをまぬがれたはいいが、一ヶ月は松葉杖が離せなかった。

十が小学校にあがったころキャンディという中型の雑種犬が家にやってきた。ある日キャンディは十を追いかけ回して小便を浴びせた。十が泣き喚くと父は叱った。男は親が死んだとき以外は泣いちゃいけないという。以来十は一度も泣いたことがない。キャンディには唐辛子を食わせてやったが、下痢になったのですぐにばれて父に殴られた。

十はキャンディと仲直りをすると、どこへ行くにもこの犬を連れて行くようになった。一度映画で犬が泳いでるのに感動して、キャンディを海に連れて行った。嫌がる犬を海に放り込むと水面に顔を出したはいいがみるみる沖に流されていく。慌てて十も飛び込んだが、キャンディをかついで浜までもどる技量はない。漁から帰ってきた船が見つけてくれなければ二人揃ってどこまで流されたかわからない。むろん父には殴られた。

十はこの事件のあと珍しく反省した。犬ぐらいかついで泳げないようでは情けない。けれども海で練習するのはまだ怖い。十は友達と一緒に夜のプールに忍び込むようになった。あるとき十は友達と潜水勝負をした。五〇メートルの記録を出して勝負には勝ったが、水面にあがったときに意識を失った。このときは宿直の先生に殴られた上、やっぱり父にも殴られた。それ以外でも父にはどれだけ殴られたか数え切れない。これだけ頭を殴られればばかになるのが当たり前である。けれども十がこの父を恨んだことは一度もない。十の頭は殴られると同じくらい撫でられたり、くしゃくしゃにされたからである。父は無口な男でそれよりほか情愛を伝える術を知らなかった。

朝鮮での戦争が終わった頃、森で日本兵の亡霊が出るという噂が広まった。日本兵には右足の膝から下がないらしく、通りがかったものに、自分の義足は盗まれてしまった。おかげで自分はこの森から出られなくなってたいへん困っている。ついてはその持ち主かあるいは隠し場所を知っていればぜひ自分に教えて欲しい、と語りかけてくる。質問に答えられないと霊は怒って森の奥に引きずり込む。霊に捕らえられたものは決して戻ってこられない。十は真相を確かめようと舎弟の松川とキャンディを引き連れ、包丁片手に森をうろつきまわった。すると日本兵より先に猪が出た。キャンディはすぐに逃げ出した。これは動物だから仕方がない。しかし松川も逃げ出したのには腹が立った。猪が怖くては日本兵に立ち向かえるはずがない。これだから弱虫はだめだと思っていると猪が突っ込んできた。初撃はさっとかわしたが、猪はすぐに反転して腿の裏をぶすりとやった。十も負けじと包丁を相手の首に刺すと、猪はぴいぴい鳴き声をあげて逃げてった。森を出る頃には十の半ズボンは血でびしょびしょになっていた。包丁を持っていたのを駐在に見つかってそのまま野外で聴取を受けてるうちに気を失った。血を出しすぎて医者にはもう少しで死ぬところだと叱られた。

上級生に自分で自分の髪を掴んで飛んでみろと言われたことがある。そんなことはできませんと言うと、お前の親父は小さい頃それで本当に飛んで見せたと笑われた。親父ができて息子ができない法はない。しかしいくら引っ張っても足は地べたから離れようとしない。そのうちすごい音がして髪束が抜けた。上級生はばかだばかだと笑っている。腹が立ったから髪を握り締めた手で殴るとすぐに降参した。それで学校でばかにされることはなくなった。ただこのときできたハゲと猪にやられた傷は死ぬまで消えない。

十は家に帰ると、父に空を飛んでくれと言った。上級生に言われたことを話すと、

「それはもう一人の親父だ」と父は言った。このとき十は初めて自分には父が二人いるものだと知った。どっちの父が本当かと聞くと、

「それは考え方による」と父は言った。十は少し考えてから、考えるのをやめた。それから父に父親のことは聞いていない。母にも聞いてない。

実を言うと芽衣子にも十はどっちの子なんだかわからない。運動好きや外遊び好きなところは誠太郎に似ているが、学業が優秀なところは善也に似ている。顔はまだどちらにも似て

いない。向う見ずな性格は誰に似たんだか知らない。誠太郎は君に似たんだと言っている。芽衣子はあまりこの説が好きでない。

一九五四年二月の大雪の夜のことである。夕食を終え、十を寝かしつけ、誠太郎と芽衣子が二人でウイスキーを飲んでいると、玄関でキャンディがけたたましく吠えだした。ばかな犬だから家の前を人が通るとすぐ吠える。通り過ぎるとまたおとなしくなる。しかし今日に限っていつまでたっても吠えるのをやめない。誠太郎が出てみると、とうに死んだと思っていた男が吹きすさぶ雪の中に立っていた。

「犬がいるから家を間違えたのかと思いましたよ」善也は茶の残りを飲み干してカップをテーブルに置いて言った。「しかしひどい雪ですね」

「うん、今年はもうだいぶ積もってるな」誠太郎はさっきまで酒を飲んでいたから頬が少し火照っている。兄弟は暖炉を挟んで左右に向かい合い、互いに深く揺り椅子に背を預けている。善也は濡れた黒いコートをまだ脱いでない。芽衣子はちょうど暖炉の正面に座っている。三人とも視線は暖炉の火から動かない。三人の真ん中のテーブルにはさっき善也が置いたカップとウイスキーのボトルと氷の入ったグラスが二つある。ボトルには火のゆらめきがあやしく映りこんでいる。「おかげで村井さんも……お前村井さんは覚えてるか?」

「ああ、蜂に逃げられた」

「いや蜂はもう帰ってきた。また夏になると蜜をもって来てくれるようになったよ」

「そりゃよかったですね。いつ戻ってきたんです？」

「終戦の翌年かな。やっぱり空襲警報のサイレンが原因だったらしい。そりゃよかったんだが、一週間ほど前雪かきで屋根から落ちたんだ。今でも足を引きずってる」

「ジャンプ大会じゃなくて？」

「ジャンプ大会ももう無くなった。あれは確かまだお前がいたころだ。在郷軍人会に不謹慎だって怒られたんだ。あれだから軍人は怖がりでいけない」

芽衣子は誠太郎の最後の一言にすばやく反応して、「でも怪我人も出てたから、あれはなくなってよかったわよ」と後をつけた。

「そうだったんですか。知らなかった。何せあのときは僕も引きこもってましたからね」善也は言ったそばから一人で笑った。誠太郎は口を閉じている。微笑んでいるように見えなくもない。もともとのっぺりした顔をしてるからこういうときはなかなか表情が読めない。芽衣子は笑っていいのか迷ってしまう。「大会も一度ぐらい参加すべきだったな。だけど村井さんは心配ですね」

「いやそれが大丈夫なんだ。こないだ寄り合いで酒を飲んだら引きずる足を間違えていた」

善也はまた笑った。今度は誠太郎もはっきり笑ったので芽衣子も安心して笑った。しかし会話を聞いていると十年ぶりに会った肉親だとは思えない。

「そういえば今年は例のはやにえ占いはどうなんです？」

「うん、今年はだいぶ高いところにあった。雪はまだまだ降るだろう」

「犬は中に入れないんですか？」

「入れると夜中に吠えるのよ」

「じゃあだめだ」と言って善也は振り返った。庭に面した窓からはキャンディが小屋の外に鎖を伸ばしている。雪が楽しいのかもしれない。「かわいそうに。今日なんかずいぶん冷えるだろう」

キャンディは善也の視線に気づいたらしい。鎖をぴんと張って、また吠え出した。

「どうも犬には嫌われちまうな」

善也は立ち上がって窓の方に寄っていく。キャンディの吠え方はますます激しくなる。善也は窓を指で軽く叩いて、

「あまり吠えると家に入らせないぞ」と言ってまた笑い出した。芽衣子と誠太郎も軽く微笑んだが、善也は今度はかなり長く笑うので、付き合っているうちに頬が固くこわばってくる。善也はようやく笑いがおさまると暖炉の前に戻ってきた。しかし揺り椅子には座らない。急

に無表情になってじっと火を見つめている。火は自在にかたちをかえ、善也の大きな影を背後の壁に映しだしている。

「十は元気か?」

「元気よ。今日だってよく寝てるわ。起こしてきましょうか?」

善也は火を見下ろしたまま首を振った。「いやけっこう。今話しても寝ぼけてるだろう。お石はどうしてる?」

「死んだよ」誠太郎が引き取って言った。「一昨年の夏心臓の発作でね。林道で倒れたから見つけるのが遅れたんだ」

沈黙が続いた。火の爆ぜる音と風の音だけがやけに大きい。この沈黙はことばを失ったというよりは皆で積極的にこしらえた沈黙である。お石婆さんのために黙っているものは誰もいない。善也はもう一歩暖炉に近づくと、

「残念だな」と言ってコートのポケットに手を入れた。肩のあたりからは染み込んだ雪が湯気になって湧き出している。しかしまだコートを脱ぐ気はないらしい。それでいて暑いとも見えない。

「この家もだんだん寂しくなるな。芽衣子が来た頃に比べると、母が減って、十が増えて、僕が減って、石が減って、僕がまた増えたから……なんだ結局数は変わらないや」

善也は振り返ってみたび笑った。切れかけた電球の明滅のような痙攣的な笑い方である。もう誠太郎も芽衣子も笑わない。善也の笑いが収まるとまた沈黙が訪れた。今度は自ずからできあがった沈黙である。少なくとも芽衣子はしゃべることがない。二つのグラスの氷が立て続けに溶けてからんからんと歌うように響くと、善也はまた白い歯を見せて、

「失礼、久々に会えたもんで、どうも舞い上がってるらしい。頭が火照って仕方ない」と言った。実際善也の頬は酔ったように赤い。「ちょっと顔を洗ってくるんで、楽に話していてください」

善也が廊下に出て行っても、残された二人は黙ったままでいる。洗面所の水音が居間にまで響いている。芽衣子の頭はさっきから活発に動いているのだが、それが口の先には出てこない。ことばにするには剣呑な事柄ばかり浮かんでくる。その点誠太郎は平然と世間話を交わして、肝が据わっている。どこまで考えてやってるのかははっきりしない。

善也は居間に戻ってくると、

「だいぶ頭が冷えましたよ」と言った。「十には野球をやらしてるんですか？　いや、さっき寝室を少し見てきたんですけどね」

「うん、あの子はけっこう運動神経がいいんだ」

「僕とは大違いだ」と善也は笑った。今度は声を抑えている。

「座りなよ」

「いや、おかまいなく。それよりさっきまで何の話をしてたんでしたっけ?」

「お石さんの……」

「そうだった、そうだった。それで葬式はちゃんとやりましたか?」

「そりゃもちろん。いくら下女っていったって、あなたのお爺さんの」

「いや、お石のじゃありません。僕の葬式です」

短い黙考を挟んでから、「やったよ」と誠太郎が答えると、善也は間髪いれず、また、「いつです」と聞いた。

「五年前」

「じゃあもっと早く帰ってきたら自分の葬式が見れたわけだ。実に惜しいことをした」

「そういうことになるな」

誠太郎は先に視線を外すと、残りのウイスキーをグラスに注いだ。

「じゃあ僕のことはやっぱり今まで死んだものと思ってたんですね」

善也はまだ誠太郎を見つめている。誠太郎はグラスを一気に呷ると、

「そういうことになるな」と、繰り返した。「お前も少し飲むだろう。今新しいボトルを持ってくるよ」

芽衣子は誠太郎の視線を受けて立ち上がろうとしたが、肩を抑えられてまた椅子に座らせられた。

「いや結構。座ってください」芽衣子は再び立ち上がろうとしたが、からだはびくとも動かない。肩に乗った善也の両手がたいへん重い。「僕は自分の分がまだ残ってるんです」

善也はどすんと音を立ててまた誠太郎の正面に座った。乱暴な動作は周囲に対する無分別にも自分の肉体に対する軽蔑のようにも見える。善也はコートの懐に手を入れると、「向こうじゃ酒ぐらいしか楽しみがなくてね」と言って銀のスキットルを取り出した。芽衣子が想像していたよりだいぶ大きい。ノートぐらいのサイズがある。善也が片手で揺らすと中の液体が軽快な音を立てた。「うん、まだかなり残ってるな」

善也は口をつけると、スキットルを思い切り傾けた。喉仏が細い首の中で何度も音を立てて往復する。スキットルは暖炉の火を受けて、鈍い輝きを放っている。あとの二人は善也が飲み切るまで一度も目を離さなかった。善也は空になった巨大なスキットルを机に置くと、大きなげっぷをして、赤みがかった潤んだ瞳を、誠太郎と芽衣子のあいだの虚空に漂わせた。

「書斎の研究資料をどこにやった?」

「書斎は鍵が」

「鍵なら僕も持っている」善也はポケットから鍵を取り出して、地面に放り投げた。冷たい音が足元を這っていった。「さっき顔を洗うついでに見てきたんだ。だけど書斎があんな片付いてるとは思わなかったな。おかげで頭がずいぶん冷えた——僕の研究資料をどこにやった？」

善也はすばやく二人の顔に無機質な視線を走らせた。十分な時間をとって沈黙を見定めると、

「二人は結婚してるんだね」と言った。

庭で再びキャンディが吠え出した。芽衣子が口を開こうとすると、

「君には聞いてない」と、善也が言った。叫んだわけではないが声が大きい。芽衣子はからだをこわばらせた。気づけば背中に汗をかきはじめてる。しかし今暖炉を弱めに立ち上がるわけにもいかない。

「うん、実は結婚してる」と、誠太郎が応じた。

「いつから？」

「四年前から」

「それで僕の研究資料はどこにある？」

誠太郎が答えに窮していると、芽衣子が

「あれは書斎から別の場所に移しました」と言って立ち上がった。「見たいならついてきて

ください」

芽衣子は誠太郎の視線には応じずグラスに残ったウイスキーを飲み干すと、善也と居間をあとにした。


外はもう雪が止んでいた。林道に積もった雪は月明かりで青々と浮かんでいる。あまり明るいので雪面に落ちた木々の影さえはっきりわかる。一つ歩を進めるたび足裏で雪が締まっていく。枝上の雪の塊が風もないのにどさりと落ちる。舞い上がった煙は水中に絵筆をつけたような渦になり、月光できらきらと輝き、木々のあいだを流れてはどこかへ消えていく。それよりほかは二人の足音しか聞こえない。

二人きりになっても善也はこの十年の空白については何も語らない。その代わり芽衣子の十年を聞くこともない。黙って芽衣子の斜め後ろをついてきてる。そのうち雪が深くなってくる。芽衣子が足元に注意していると、いつのまにか善也が視界にいない。振り返るとだいぶ後ろの方にいる。芽衣子は立ち止まった。火照った頬に刺すような冷気が心地いい。善也はようやく追いつくと、

「やっぱり君は歩くのが速い」と言った。

芽衣子は微笑みを浮かべて歩き始める。ペースはさっきよりも速い。呼吸をするたびに鼻

の奥が疼《うず》き、胸の深部に冷気が満ちていく。

「今日本当は僕は帰ってきたんじゃない。迎えに来たんだ」

芽衣子は歩調を保っている。

「誰を？」

「十を。そして君を」

「迎えに来たって、どこか連れてくあてがあるんですか」

「ここではないどこかだ」

からかわれてるのかと思ったが、振り向くと善也の顔は真剣である。

「相変わらず無茶を言うわ」

芽衣子は意図してたよりもずいぶん生温い調子になった。しかし冷笑を付け加えるには互いに腹を知りすぎている。

「君は僕が出て行った前の晩のことを覚えてるだろう」

「ええ」

「あのとき僕らは確かに奇跡を起こした。ああして手を握っているとき、互いが互いになだれ込んで、染み渡ってきたような感覚があっただろう？　少なくとも僕はそうだった。あれは永遠を見たとしかいいようがない」

「永遠」と芽衣子は繰り返した。白い息は頬の横をゆっくりと流れていく。空気が冷たいのと月が明るすぎるのとでアルコールが急速に覚めていくのがわかる。

芽衣子は善也の葬儀の後誠太郎と真夜中にこの林道を歩いた。あのときは真夏で途中で雨が降りだした。二人は大きな木の傘に入って雨が止むのを待っていた。雨は密になり疎になり気ままに木の葉を叩いているが、降り止む気配はない。木の下の二人は蚊帳を吊るされたように世界から切り離されている。芽衣子は誠太郎の胸に顔をうずめ、目を閉じて血の動きに耳をすませていた。鼓動の間隔はだんだん長くなっていく。誠太郎の呼吸は深くなり、耳の下で暖かく毛に覆われた胸がゆっくりと上下する。芽衣子は立ったまままどろみ、気づいたときにはどれくらい時間が経っていたのか、次の鼓動がいつまでたってもやってこない。目を開けると雨が無数の糸になって宙に留まり、夜空の底へ底へと昇っている。それは一瞬で、再びどくんと誠太郎の胸が鳴ると雨粒は何事もなかったかのように動き出した。永遠を見たというのならあのときをおいて他にない。

「これからはあんな奇跡を何度でも見せてやれる」善也は興奮した口調で言った。芽衣子の沈黙の意味にはまるで気づいていない。「僕がこの十年何をしてたのか知りたくないか？今なら本当に空だって飛べるんだ」

「見えたわ」

二人は広い野原に出た。月あかりは全てを暴き立てるように青い光を雪面に注いでいる。向こう側の森の入口の前には小さな杣小屋《そま》が見える。森は少し足を踏み入れると急激に沢に落ち込んでいて、水音が雪上に冴え渡っている。歩いていると足元が見えない水に浸かっているような心持ちがする。

芽衣子が冷え切った指先で小屋の鍵を開けると、善也は塗り込めたような暗闇にも全く躊躇せず中に入っていく。

「奥の棚よ」芽衣子は扉の僅かな隙間から顔を覗かせて言う。「一番下のりんご箱の底に詰まってるわ」

ぎしぎしいう足音が遠ざかっていくと、芽衣子は急いで扉の鍵を閉めた。むろんこの杣小屋には何もない。一族の年代記や、日猶同祖論研究、そして膨大な資料や書物の山は、善也の空の柩《ひつぎ》に入れられ全て灰になった。善也は扉の前まで引き返してきて、

「どういうつもりだ？」と叫んだ。

「資料なんか探しても無駄よ。もう全部燃やしちまった」芽衣子も叫び返した。声は少し震えている。「ここでちょっとは頭を冷やすといいわ」

扉の向こうで重い沈黙があった。このときほど芽衣子が静寂にも目方があることをはっきりと感じたことはない。あとにもさきにも芽衣子はこれ以上の沈黙を聞いたことがない。

「君には心底失望した。だけどもういい。僕も今日より君にはかまわない。しかし十に関しては話が別だ。僕にはあの子を引き取る権利がある。あの子はもう世界の救い主として目覚めなければならない」

「世界の救い主？」芽衣子はできるだけ気持ちを抑えて言った。何を抑えているのかは——怒りなのか悲しみなのか軽蔑なのか笑いなのかはわからない。「あなたはあの子のばかさ加減を知らないからそんなことが言えるんだ」

善也は扉を叩き始めた。音からするに手で叩いてるどころではない。蹴ってるか体当たりでもしてるらしい。鍵はひどく錆び付いて、一回ごとに悲鳴のような金属音があがる。その音がだんだん大きくなる。芽衣子が背を向けて走り出そうとしたとき、扉が大きく開け放たれた。芽衣子は後ろから押し倒され、顔を雪面に思い切り押し付けられた。冷たい雪で口の中がいっぱいになる。顔をあげようとしても善也の手はびくともしない。両手も背中の上で束ねて抑えられている。芽衣子は足だけばたばたさせたが善也には全く届かない。呼吸は甚だ苦しい。芽衣子は頭を押さえつけていた手が離れるのを感じた。首をよじってみると善也の手にはナイフが握られている。煌々とした月あかりでナイフの刃は鋭く研ぎすまされている。芽衣子は目を瞑《つむ》った。すると鈍い音がしてからだが急に軽くなった。芽衣子が跳ね起きると、善也は左肩を抑え歯を食いしばって鋭い睨みをきかせている。

視線の先には誠太郎がバットを片手に立っていた。二人は再び距離を詰めていく。善也は左肩をだらんと下げ、誠太郎も左足を引きずっている。さっきの一瞬のうちに善也が反撃を試みたようで、誠太郎の左膝のあたりが血で赤く染まっている。二人がある距離まで近づいたとき、遠くの森で梟《ふくろう》が鳴いた。二つの黒い影は激しい交差を試み、芽衣子は再び目を瞑った。

硬い音がして、目を開けると善也がふらついた足取りで誠太郎から離れていく。足取りはひどく乱れ、頭は大きく左右に揺れている。頭を抑えている右手からナイフが滑り落ちても拾おうとしない。十、十とつぶやきながら森の入口に向かっていく。誠太郎も左足を引きずりながら善也の後を歩き出している。傷は深いと見える。すぐに膝から崩れて尻餅をついた。顔は苦痛に歪んでいる。芽衣子は雪面に放り出されたバットを拾い上げると、誠太郎が止めるのも聞かず善也の足跡を追いかけた。

善也の足取りは森に入ると一層乱れ始めた。血痕も先へ行くほど増えている。月あかりのおかげで追跡はたやすい。しかし善也の姿は見えない。ほどなく足跡は急激な勾配をのぼりだした。坂の上では大きな月が顔を覗かせている。バットを杖替わりにして何とか登りきると、切り立った崖が現れた。足跡は逡巡せず断崖の先まで続き、月光を辿って虚空へ旅立っている。谷底を覗き込むとただ黒い森がどこまでも広がるばかりである。以来善也の姿を見たものはいない。

4

誠太郎は傷が治っても歩き方は治らなかった。左足を持ち上げるかわりに、外側に半円を描くようにして前に出す。だから彼が歩いた地面には弧を繋いだ一本の線ができあがる。持ち上がらない左足に引っ張られるように左肩は常に下がっている。そのせいでからだ全体も少し縮んで見えるが、大男であることに変わりはない。歩き方は年を追うごとに奇妙になる。自分で誇張しているふしもないわけではない。

十が中学に上がる頃には誠太郎は階段をあがることさえできなくなっていた。日課だった田畑の巡回は十の仕事になっている。誠太郎は本など決して読む人間でないから家では始終退屈そうに過ごしている。外に出なくなるとめっきりからだも弱くなった。

来栖家では下女を雇ったりした時期もあったが、なぜだかみな石のように長くは続かない。石が死んでから三人の下女が来栖家に奉公にきたが、一番長いもので二年ほどであった。一人目は結婚してしまい、二人目は親の病気で里に帰り、三人目はからだが玻璃《はり》質になったという妄想にとらわれて仕事が手につかなくなった。十が高校にあがってからはしばらくとっていない。おかげで芽衣子の負担はかなり増えたが、本人は働いている方が体調がいいらしい。だから基本的には来栖家は芽衣子と誠太郎と十の三人で回っている。小さい頃十はよく弟をせがんだりもしたが、いつも答えははぐらかされた。一度だけ誠太郎は、もう子供はできないんだ、と十にきっぱり言ったことがある。十は幼心にそれ以上は踏み入れられない気がした。しかし瞳はなお父に問いを投げかけていたらしく、誠太郎は、

「こらしめを受けてるのさ」とだけ釈明して、大きな手で十の髪をくしゃくしゃにした。何のこらしめを誰から受けてるのかはいくら子供でも聞くのがはばかられた。それから十は弟の話はしていない。

十は中学でも野球を続けていた。もともと運動は何でもできたので一年の夏には試合に出ていた。二年の夏、十は準決勝で外野フライをこぼした。逆光でもなかったし簡単なボールだったのでなぜ落としたのかは今もって答えがでない。しかしとにかくそれで試合は負けた。チームがそこまでこられたのは十の活躍によるところが大きかったので選手は誰も責めなかった。監督だけが十を殴った。一発目で前歯が飛んだ。自分は殴りたくないが三年生のためを思って殴るのだと言う。どういう理屈なんだかわからない。おまけに三年生は一二人いるのであと一二発殴ると言う。なぜか一発目は計上されてない。これではいくら歯があって

も足りはしない。十は二発目は避け、監督の顎を思い切り殴り返した。一発で監督はのびた。それで野球部は首になった。このときは父は十を殴らなかった。しかしもう頭を撫でもしなかった。

同じ二年でエースピッチャーだった岩佐は監督に処分の撤回を嘆願した。あやうく岩佐までやめさせられそうだったから、十は止めた。第一本人が戻りたいとも思ってない。

しかし岩佐はそれはあくまで十の都合にすぎないと言う。チームにはチームの都合が存在する。そしてチームの都合は常に個人の都合に優先する——これが彼の言い分である。

「お前が復帰しなければいけない理由は三つある」岩佐は審判者の口ぶりで言った。「第一は原理的な問題だ。知っての通り俺は無法が大嫌いだ。今回の監督のやり方はどうも筋が通らない。不条理に対しては一歩だって譲っちゃいけない。第二は実際的な問題だ。つまり戦力的な問題だ。新しい代になってお前に抜けられると俺としてはたいへん困る」

「しかしいくら不条理だといっても俺たちにはチームも監督も選べない。選べない以上は諦めるほかないだろう。戦力だってお前が抜けるはめにでもなりゃますます弱るばかりじゃないか」

「第三は感情的な問題だ」岩佐はかまわず続けた。「俺はお前のいないチームで野球をやりたいとは思わない」

聞いているとチームの都合ではなく岩佐の都合のような気がする。むろん十にしてもここまで言われて悪い気はしない。岩佐は相手が先輩や監督でも筋が通らないときは食ってかかる。しかしいくら岩佐が熱心でも、今回の件は監督が意見を変えるとはとうてい思えない。言うだけ状況が悪くなるだけである。ただ不思議と岩佐自身は恨みを買わない。

岩佐の向こう見ずは今になって始まった話ではない。岩佐には弟がいるのだが、この弟が産まれたばかりのころ母はなかなか乳が出なかった。岩佐はどこかで鯉こくを食べると乳の出がよくなると聞いて川に出かけた。しかしいくら釣り糸をたらしても鯉は釣れない。しびれをきらした岩佐は、淵に集った魚影めがけて岩の上から飛び込んだ。水は浅かったので、頭を強《したた》かに川底にぶつけ額はぱっくり割れた。このときできた傷は今でもくっきり残っている。その他にもいろいろ話があって、岩佐は十に負けず劣らずの無鉄砲である。だからなのかこの二人は野球部に入ってすぐに馬があった。

十は上田さんに岩佐を説得するよう頼んだ。上田さんは岩佐の幼馴染で、なおかつ恋人である。岩佐もこの人だけには頭が上がらない。十が上田さんに話を持ちかけた次の日にはもう岩佐は意見を変えていた。ただし条件を一つつけるという。

「お前は三浜高校を受けて俺ともう一度野球をするんだ」

十が条件を飲まなければいけないいわれはどこにもない。しかし三浜高校はもともと十の志望校である。確かに公立の中では野球は一番強い。その上学区内で一番の進学校でもある。上田さんはまず受かるだろうと言われている。十はまだまだ難しい。岩佐は遥か圏外に沈んでいる。

十は岩佐に言われたその日から放課後は図書館で勉強するようになった。上田さんもだいたい一緒である。岩佐も部活が終われば参加した。休みの日などは持ち回りで互いの家で勉強する。けれども三人そろうと決まっておしゃべりになってしまう。それでも上田さんは鉛筆を持つ手だけは必ず動かしてる。十は話が盛り上がってくるとおろそかになりがちである。岩佐ははなから鉛筆を持ってない。当然岩佐の成績は上がらない。そのくせ三浜高校の情報だけはやたらに詳しくなっている。

三浜高校は海から一キロと離れていない。夏場など野球部のトレーニングで砂浜に行くと、よく三浜高校の生徒がバーベキューをしたりしていて実に楽しそうである。ところが野球部だけは海水浴を禁止されている。肩を冷やすからなんだそうだ。せっかく海辺の高校なのにまた砂浜ダッシュばかりじゃつまらない。岩佐の話を聞いているともう受かったつもりでいるらしい。本気で心配していて、何とかならんものかな、と十に困った顔をする。上田さんはたいてい呆れて笑ってる。口元は冷笑でも眼差しはどこまでも暖かい。十はこういう笑みを見ると何か打ち明け話でもしたくなる。しかし実際にそんな話をしたことは一度もない。

十はあまり秘密を持たぬ男である。

三浜高校の生徒が学校終わりに海で遊べるようになったのは最近のことである。かつては放課後は必ず補習授業が詰まっていたし、海水浴自体が校則で禁止されていた。とにかく勉強が厳しいので有名で、

「そりゃもう監獄のようだった」と岩佐は見てきたようなことを語り始めた。

数年前の冬、受験を控えた一人の男子生徒が寝小便を繰り返すようになった。ベッドでやるならまだしも、廊下やリビングまで出てきて立ったまま放尿する。彼は自分の両足を妹の縄跳びでベッドに縛り付けるようにした。するとぴたりとおさまった。

しばらくすると昼間にやたらトイレに行くようになった。授業中に何度も抜けるので、本人がいくら小便だと言ってもまわりは聞かない。そのうちいろいろあだ名がついた。

ある日工事のために断水が行われ、一時的に校舎の全トイレが立ち入り禁止になると、彼は屋上へ向かい、地上に向かって勢いよく放尿した。我慢していたので、なかなか途切れる気配がない。美しい虹がかかった。グラウンドで体育をしていたクラスが気づいて声をあげはじめた。ようやく全部を出し切ってしまうと、よくしずくをきってからズボンをあげたが、それでも虹はかかっている。地上からは歓声や野次や怒号が飛んでくるが、彼の耳には入らない。そして彼は虹の橋を渡った。

この事件は受験ノイローゼとして扱われ、三浜高校では三つの改革が行われた。

一、屋上の立ち入り禁止
一、廊下とベランダに落下防止ネットを設置
一、放課後補習の撤廃と海水浴の自由化

最後の項目に関しては、教員のあいだで学力の低下を招くのではないかという反対意見も多かった。しかしいざ実施してみると成績はみるみる向上した。生徒たちが自主的に机に向かうようになったからである。せっかく放課後に海で遊べるようになったのに、また禁止されてはたまらないと考えたらしい。

「彼のおかげで俺たちも海水浴ができるんだから、決して哀悼の意を忘れちゃいけない」

岩佐はすっかり三浜高生の立場になって話を締めくくった。岩佐のその手の与太話は尽きることがない。放っておけばいくらでも話している。聞いている方は退屈はしない。ただ本人は本人なりに真剣なようである。岩佐の夢は三つあって、一つは三浜に行って十ともう一度野球をすることなんだという。十は自分が勝手に組み込まれているのに驚いた。残り二つの夢は、プロ野球選手になることと、上田さんと結婚することである。上田さんも組み込ま

れてしまっている。しかし十と同様上田さんも悪い気はしてないらしい。この話をすると決まって例の笑みが出る。

結局三浜高校には上田さんと十が受かって、岩佐は落ちた。しかし岩佐はこれを己の勉強不足ではなく、昨今の世界情勢に帰した。理路はこうである。米国は日本を拡大する共産主義の防波堤とするため安保条約を結んだ。この条約をめぐってかつてない規模の闘争が起こったのは記憶に新しい。去年から県内でも多くの進学校で学園紛争が起きている。このため今年の上位成績者は紛争のない三浜に集中した。だから今年は例年よりも難易度が高かった。つまりもとをただせば悪いのは東側諸国と西側諸国の対立である。

いくら十でもこの意見には承服しかねる。けれども落第した直後にこんな論理をひねりだしてくる岩佐はなかなか性根が据わっている。十は呆れるよりも感心した。こういうとき十は気を遣われていることにはまるで気づかぬ男である。

十は三浜では野球をやらなかった。中学で起こした事件が伝わっていて監督に入部を断られたのである。高校に入ってからは上田さんとも大して話さない。岩佐がいないと互いに調子が出てこない。たまに廊下で立ち話をしても、ほとんど岩佐のことばかりである。岩佐は別の高校でも元気にやってるらしい。野球も一年の夏から試合に出てるのだという。

考えてみると十は高校で何もしていない。帰宅部だから時間だけはたくさんある。けれども卒業しても家を継ぐだけなので勉強にもあまり身が入らない。遊ぼうと思っても肝心の遊び相手が見つからない。みんな自分を怖がって何となく避けている。いつの間にかクラスでも中学の事件のことが広まったらしい。ばからしいので積極的に弁明しないでいると、あっという間に一人になった。仕方がないからいつも本ばかり読んでいる。家で読むとなぜだか父が不機嫌になるので図書館に通っている。図書館には例のごとく上田さんもいる。実を言うと十が図書館に行くのは三割方はこの人に会うためである。上田さんはいつでも一人でいて、泰然としている。会うとたいへん慰謝になる。心が大きくなる。クラスで浮いていたって少しもかまわない気になる。けれども二人は目で挨拶するぐらいであまりことばは交わさない。ときどきは一緒に帰ることもあるが、岩佐がいないとこの女としゃべることはほとんどない。仕方がないから今日読んだ本の話などをだらしなく広げてみる。実を言うと十が本を読むのは三割方はこのときのためである。あるときクラスメイトの高畑という男が、君は上田さんと付き合っているのかと尋ねてきた。聞いてみるとそういう噂が広まりつつあるらしい。何しろ二人とも交友相手がろくにないので噂は広がりっぱなしになる。十は岩佐に甚だ申し訳ない気がした。それから上田さんとは帰る時間を律儀にずらしている。

この高畑は二年のときも同じクラスで、夏には十を海水浴にも誘ってくれた。十は海で泳ぐのはキャンディと沖に流れて以来である。クラス会は十時から開始だったが、十は日課の田畑回りがあったので少し遅れて参加した。いざ現地についてみるとみんなは浅瀬ではしゃいでいるか、浜辺で車座になってビールばかり飲んでいる。何人かは岩場で釣りをしてるものもいる。泳いでいるものは誰もいない。高畑もすっかりできあがっていて、十を見つけるなりビールを押し付けてきた。断ろうとすると、今日海水浴が催行できたのは誰のおかげだとしつこい。面倒になって一口含んでみると頭がみるみる火照り出した。十が酒を飲んだのはこれが初めてである。海に入れば治るだろうと思ってひと泳ぎすると余計に気分が悪くなった。

十がパラソルの下に入って休んでいると、女が横に座ってきた。顔が赤を通り越して少し黒ずんでいて、俯いたまま黙っている。大きなげっぷを繰り返してはえづいているので、吐きそうなのかと聞くと固く結んだ唇を突き出して頷いた。みんなの荷物もあるのだし、こんなところで吐かれてはたまらない。十は急いで女を海に連れて行った。岩場を越えてみんなの見えないところまでくると、女はこらえきれなくなって吐き出した。酸っぱいのと、酒臭いのと、潮の香りが混じって、すさまじい匂いがする。波間に浮かんだ吐瀉物にはすぐに魚たちが集まってきた。見ていると十も催しそうなのですぐに浜辺に戻ると、スイカ割りが始まっている。誰も女が吐いていたことには気づいてない。

この女は森原香織といって、中学も十と同じだという。そう言われればどこかで見たような気もしてくる。背が低くって目が大きくてたいへん早口で、気分が回復したかと思えば急にずけずけ話しかけてきた。女のくせに、十のことを平気で君、君で呼んでくる。醜態を見せた照れ隠しかと思ったが、そんな上等なものではないようだ。話していると十は中学の英語のスピーチ大会で優勝した女がいたことを思い出した。あれも確かこんな喋り方をしていた。何をしゃべっていたのかは覚えてない。聞くとどうやら彼女がその人らしい。十歳までバンクーバーにいたので、英語のスピーチなら今でも一分間に二百語は話すことができる。どのくらいすごいのかは十にはまるでわからない。

「君、枝村を殴ったってのは本当なの？」

枝村は中学の野球部の顧問である。十は頷いた。理由を説明すると、

「そりゃ向こうが悪い。しかし君もばかな真似をしたもんだね」と言って愉快そうな笑みを浮かべている。森原はまた、

「君、上田さんとは付き合ってるの？」と聞いてきた。十が否定すると、

「でしょうね。君と上田さんではちょっと釣り合いがとれてない」と言った。十はいきなりこんなことを言われて驚いた。後に上田さんが岩佐と付き合っていることを知ったときは、「それならまあ納得かな」と、評していた。十は納得がいっていない。

森原は腿裏の傷のことも聞いた。猪とやりあったときの傷だと言うと高い声で笑った。それからハゲのことも聞いてきた。空を飛ぼうとしたのだと言うと、とうとう腹を抱えて笑い出した。十は自分でもおかしくなって小さく笑った。次に森原は名前のことを聞いたので、十はいろいろ意味を説明してやって、最後はやけになって、

「俺は世界の救い主になるらしい」と付け加えた。ところが今度は森原は少しも笑わない。感心しているのか、もともと大きな目がさらに大きくなって輝いている。

「中学の時私が何についてスピーチしたか覚えてる?」

十は首を振った。森原は答えを言わずに、

「君自身は救い主のことを信じてるの?」と続けて聞いた。十はそんなことを今まで検討したことがない。考えてみると、どこか避けていたような気がする。

スイカ割りの方でまた歓声が大きくなった。見ると高畑がスイカからだいぶ離れたところで何度もバットを振り下ろしている。みんな惜しい惜しいと言って笑ってる。高畑が足をもつれさせてその場に倒れこむと、すぐに一人がビールの缶を持ってかけつけた。高畑は目隠しをして砂に突っ伏したまま器用に喉だけ動かしている。立ち上がるとまたすぐ足をもつれさせて倒れた。今度はもうだめらしい。近寄った一人が高畑が眠っているのを確認すると、みな口々に次は誰だと言い始めた。誰も自分でやる気はないと見える。

「森原がやる気らしいぞ」と一人が叫んで、十が隣を見てみると確かに森原は手を挙げている。かと思うとその手が自分の方に伸びてきた。まっすぐ自分の顔を指差している。

「この人がやります」

十は口を開いたが、先にみんなのどよめきでかき消された。十は目隠しをされ、ビールを一缶飲まされ、くるくると回されて、また一缶飲まされ、またくるくる回されてから歩き始めた。これでまっすぐ歩けるはずがない。皆の歓声が頭にがんがん響いて、さっきのビールが何度も喉にこみあげてくる。地面は激しく波打ち、足の裏は焼けるように熱い。みんなは笑いながら右だ左だ好きなことを言っている。十は今になって急にいろいろなことに腹が立ってきた。中学の顧問はもちろん、黙って見ていたチームメイト、高校の顧問、一年のときのクラスメイト、なぜだか父や岩佐の顔まで浮かんでくる。周囲の笑い声が耳障りでたまらない。十は癇癪を起こして思い切りバットを振りかぶった。スイカのことはとうに頭から消えている。しかし十がバットを地面に叩きつけようとした瞬間、

「もっと前」と森原が言うのが聞こえた。それほど大きな声ではない。しかし喧騒の中でも不思議とはっきり聞き取れた。十がそろそろ進んでみると、また、

「もっと、もっと」と声がする。さらに十歩ほどいくと、

「そこだ。いけ」と聞こえた。ありったけの力を込めてバットを叩きつけると、鈍い感触が

して喝采があがった。目隠しをとってみると見事にスイカが砕けて赤い中身が無造作に散らばっている。十には一番大きい欠片が回ってきた。食べているところどころ砂が入ってじゃりじゃりする。しかし酒と暑さで喉が乾ききっていたので、滴る果汁がありがたい。十は一気に平らげてしまった。

昼にはバーベキューが始まって、十はいやというほど肉を食った。釣った魚も塩焼きにされたが、十は手をつける直前に森原の吐瀉物に集まってきた魚を思い出してやめた。森原は平気で手をつけている。彼女は十の敬服の視線に気づくと寄ってきて、

「君もなかなかやるね。見直したよ」と、さっきの手並みを褒めた。十としては見直されるほどの交渉を持った覚えはない。「ナガシマばりの大根切りだ」

十は彼女の声が聞こえたのを思い出して礼を言おうとしたが、ためらった。なぜためらっているのかを考えているうちに、

「褒美にこれをあげよう」と言って、森原は貝殻を渡してきた。白くてすべすべしていて綺麗ではあるが、何の変哲もない貝殻である。十はまだ説明があるものと思って顔を上げたが、相手はただご機嫌そうに笑っている。十もつい笑ってしまった。

「しかし最後は本当にスイカが見えてたみたいだったな」

「君の声がはっきり聞こえたんだ」十は今度はためらわずに言えた。すると女はまるで起伏

のない調子で、

「そう、そりゃよかった」と言った。十は何だか物足りない。

「そういえば君のスピーチを思い出した。確か『世界平和について』だ」

「正解」森原はまた黒目を大きくさせた。この女は笑っていても少しも目が潰れない。上田さんが笑うと目がなくなるのと対照的である。

「私は今まで世界の救い主ってものは、いるにしたって現れなきゃ現れない方がいいと思ってたんだ」

「どうして？」

「だって救い主みたいなものがすべて調整してくれるなら、人間が互いをいたわる必要がなくなるでしょう。だから君が救い主だって聞いたときはちょっとほっとした。君ぐらいだったら出てきてくれたってかまわない」

「目隠しでスイカを割るくらいの奇跡ならちょうどいいか？」

「別に髪を掴んで空を飛んでもかまわないけど」

女は言った先から大きな口を開けてまた笑った。十も曇りのない笑い声をあげた。十はこの一日でだいぶ笑っている。ひょっとすると今日だけで今までの高校生活と同じくらい笑ったかもしれない。スイカ割りから森原以外もだんだん十に話しかけるようになってきた。話してみた上で十を怖がるものは誰もいない。十は急速に自分が受け入れられていくのを感じた。後で森原が言ったように単にばかがばれただけだという見方もある。十は最後は車座にも自然と溶け込んでいた。森原は復活したと言ってビールを呷っていたが、帰り際になるとまた吐いていた。

5

十は森原と付き合い始めてからは学校が楽しくなってきた。こうなってみると野球部に入らなかったことも正解かもしれない。放課後は一緒に帰れたし、夏休みは毎日のように遊んでいられた。三年になって受験勉強に追われだすまでは、よく岩佐と上田さんともダブルデートに行ったりもした。上田さんは地元の国立を、森原は東京の私学を受けるらしい。上田さんは今度もまず落ちないと言われているが、森原はだいぶ怪しい。森原は落ちたら浪人はせず、エレベーターガールか秘書に就職するつもりである。上田さんはきっと受かると言ってくれる。岩佐は安請け合いだと冷やかしている。その上エレベーターガールも秘書もそそっかしいから無理だと言う。十は受験のことはわからないが就職に関しては岩佐と同意見である。岩佐はプロ野球の入団テストを受ける気でいる。落ちれば農家を継ぐんだという。森原は受かったってどうせファームだとからかっている。二人は互いを記念受験だと言ってはばからない。

○

上田さんは受かって岩佐はだめだった。十は心のどこかでは岩佐には期待をしていたが、流石にプロは狭き門だと感心した。岩佐は二次試験で落ちた。何次まで試験があったのかは聞かされてない。森原は受かった。知らせを聞いたとき十は驚いて、喜んで、最後は少し寂しくなった。しかし東京へは快く送り出してやった。電車が行ってしまうと、堤防が消えてレールの向こうの景色が押し寄せてくるみたいで、十は足早に駅を去った。

○

上田さんは大学を卒業した翌年に岩佐と結婚した。岩佐は早いとこ子供をこさえてプロ野球選手にするのだと意気込んでいる。十は森原とは結婚していない。まだ付き合っているのかもよくわからない。森原は三年生になり学生運動に熱中し出すと、盆と正月以外は戻ってこなくなった。米岡にいてもいろいろ理由をつけて会おうとしない。夏休みに十が東京へ遊びに行ったときも、「行動的平和主義者連盟」の活動が忙しいと言っては、毎日かなり丈の短いスカートを履いてどこかへ出かけていた。東京には他に友達もいないので十は森原の下宿で本でも読むほかやることがない。あまり一人で放っておかれるので十がそれとなく不機嫌になってみると、森原はこれを機にマルクスでも読んだらいいと言って、九巻もある『資本論』を熱心に勧めてきた。読んでみるとどこにも真っ黒に書き込みがしてある。ところが一巻の半分も行くともうだいぶ白くなってきた。あとで聞いてみたら実は途中からはもう読んでないという。書棚には他にもサルトルや吉本隆明なんかもあったがみんなだいたいこの調子である。そのあたりをからかうと大事なのは理論よりは実践だと開き直ったようなことを言った。

そんなに暇なら映画でも見たらいいとも言われたので、十は『戦争と平和』の第一部を一人で見に行った。十が映画館に入ったのはこれが初めてである。二時間半もあったので、途中で何度眠ったかわからない。しかし目を覚ましてもいつも同じような場面をやっている。たいていは戦闘してるか、行軍してるか、屋敷で紅茶をすすっている。たくさん人が出てくるが十には西洋人の顔は見分けがつかない。空調がろくに効いてないので映画は大雪でも現実は滝のような汗をかいている。十は米岡に戻ったあともこの続きを見ていない。

四年になると手紙もなかなか返ってこなくなった。ようやく返ってきても内容は運動のことばかりである。大学にはまるで行ってないらしい。なるほど確かに講義に行けば壇上で教授が尤もらしい弁舌を振るってる。しかし学生といえど少し眼力を鍛えれば壇上の向こうに積まれた書物はたちまち透けて見えてしまう。そして書物の向こうにはやはり人間がいて、彼らのまた向こうには人生が伸びている。真に叡智を欲するものはまずこの人生を理解しなければならない。それには書物より講義より、まず生きることである。そこを理解せず毎日律儀に講義に出ているものはいくら単位がとれたって遂に真理への道は閉ざされたままである。十は大学に行ってないから森原の書いてることがどこまで本当なのか知らない。しかし手紙を読んでいるとどうも四年で卒業する気はないとみえる。十は一度心配になって長い文章を書いたことがある。するとこのときは珍しく一週間で返事が返ってきた。文章は十が送ったよりもさらに長い。内容は、

「地・主・た・ち・の・権・利・は・そ・の・起・源・を・略・奪・に・発・し・て・い・る・」という一文から始まっている。括弧をつけ傍点までつけているが誰の引用かは書いてない。むろん十にはわからない。その後もいつもよりだいぶ喧嘩腰の文章が続いている。十は地主だから労働者の気持ちがわからない。労働者の気持ちがわからなければマルクスをいくら読んだって聞いたことのない音楽の批評を

読むのと一般である。マルクスがわからなければ学生運動だってわからない。初めの方を要約すればこういうことになる。森原は自分も労働者じゃないという点には触れていない。資本論を一巻の途中で放り出したことも知らん顔である。

また十は田舎にいるから今日の激烈な変化に気づかないのだとも書いてある。東京は今年に入ったあたりから革命前夜の空気が漂い始めている。あらゆるものがことごとく動いて、破壊と創造がめまぐるしく入り乱れている。つい先日も羽田闘争があって反戦・反体制の気運はいよいよ高まっている。おまけにこの流れは日本だけのことじゃない。フランスもアメリカもイタリアもドイツも世界中どこを見たって学生は闘っている。今ここで立ち上がらないものは看守と結託する囚人に等しい。彼らが願うのはただ檻がいつまでも自分たちを閉じ込めてくれることばかりである。彼らが欲するのは己が鎖を解き放つ権利ではなく、自由を望む同胞を看守に代わって鞭打つ権利である。彼らは春来を恐れる雪像であり、天陽を恐れる吸血鬼である。彼らは何よりも自由の風を恐れるために目を閉じ耳を塞ぎ口をつぐんでいる。例え看守がみな投降し、全ての檻が開け放たれ、最後には牢屋が取りの獄から出てこない。彼は気づかぬ振りをしてその場に留まり続けるだろう。そして自由の風崩されたとしても、に身を震わせ続けるだろう――。

以前なら十はこういう空疎な警句にも一応それなりに耳を傾けてい

たが、いよいよ馬鹿らしくなってきた。十は再反論は書かなかった。森原は四年では卒業できなかったらしい。その後どうなったのかは十は知らない。結局革命も起きずじまいであった。五年目の春、キャンディが死んだことを手紙に書いて送ってから未だに返事がない。しかしもうわざわざ東京まで会いに行こうとも思わない。相変わらず田んぼをぐるぐる回っているうちに、気づけば季節も年も巡ってゆく。二〇そこそこで余生に入ったみたいだった。一度岩佐が心配してあいだをとりもとうとしたこともあったが、十は断った。近頃では寝たきりになった誠太郎の介護も忙しくてそれどころではない。十が高校を卒業してすぐ卒中を起こして以来歩けなくなったのと言語が不得要領になったのとで、誠太郎は急激に老け込んできた。医師は次に卒中を起こせばまず助からないだろうと言っている。

○

十は二四歳の冬に高畑から結婚式の招待状を受け取った。手紙にはわざわざ大きな字で「学生服も可」と書かれている。上田さんと岩佐の結婚式では、高畑は学生服で出席した十をさんざんからかった。十はそれまで芽衣子の両親の葬儀や親戚の結婚式では学生服で通してきたが、なるほど同級生で学生服で来たものは誰もいない。十は自分だけ時間に取り残された気がしてしらけた気分になった。高畑は森原との結婚式も学生服でするのかとも聞いてきた。高畑は十が森原と付き合えたのは自分が海水浴を催行したおかげだというので、影の仲人を自任している。とっくに二人が疎遠になっていることは知らない。手紙を読み終わると、十はシャワーを浴び、髭を剃り、髪までポマードでかちかちに固めて、近所の紳士服店に車を走らせた。

平日の昼間だからか十以外の客はほとんどいなかった。店の中は空気も光も平板で、歩いていると匿名的な足音がいやに大きく反響する。そのくせ慣れない革靴を履いているせいか足裏の感覚はまるでない。硬い床は綺麗に磨かれ、水が張ったように黄色い照明を反射している。大量の背広が整然と吊るされている様はどこか寂寥《せきりょう》の感がある。

十は背広は初めてなので、何を買ったらいいのか見当もつかない。どの背広も大して変わらないように思える。けれども値札を見るとだいぶ違う。安いもので一万を切るが高いものだと十万をゆうに超えてくる。背広から背広へとふらふら漂流していると、中年の女の店員に、

「どういったものをお探しですか」と聞かれた。

探しているのは背広である。しかしどんな背広を探しているんだかは自分でもはっきりしない。十が正直にそう答えると、女は急にくだけた調子になって、

「じゃあ色と値段はどんくらいを考えてます?」と言った。十は面倒になって、「値段は高すぎるのも安すぎるのもだめです。色は任せます。結婚式に着ていくつもりです」と言うと、女は、

「結婚式はご親族ですか、ご友人ですか」と聞いてくる。

「友人です」

「友人は新婦ですか、新郎ですか」

「どっちもです」

「同級生かなんかですか」

「ええ、中学の同級生です」

女は話が背広からそれてもまだ平気で聞いてくる。十もこういう店に入ったことがないから律儀に答えてる。話はやがて十自身の結婚に及んだ。女は十がまだ独身だと知ると、ならば結婚式は大一番になるだろうから、なおさらいい背広を選ぶ必要がある。だけどもここは既製品を置いてるだけのチェーン店だからあまりよくない。昔は必ずきちんと寸法を測って一から仕立ててもらっていたものだが、ここ数年は安けりゃいいの風潮で背広までこういう商売が幅を利かせるようになってしまったと、あっさり店員の領分を越えてきた。十はこの女が気に入ったので、選択権は丸ごと委任してしまった。

女は四、五着持ってきて、試着室に十を引っ張っていくと、

「一名様入りまあす。奥の赤いカーテンの部屋へご案内。どうぞゆっくりくつろぎなさって」と、飲み屋の呼び込みのような口上をつけて去っていった。ところがカーテンを開けると人影が目に飛び込んできた。先客かと思ったがよく見ると鏡に映った父である。十が黙って見つめていると、父は顔をしかめて、

「早く閉めなさい」と言った。十は後ろ手でカーテンを閉じ、隣に目をやったが父の姿はどこにも見えない。しかし再び前を見ると鏡にはやはり二人の男が並んでいる。いつの間にか十の背丈は父をゆうに上回っている。これでは頭も殴られないはずである。肩幅は相変わらず大きいが、胸の厚みは正面からでもまるでないように見える。むろん横からはわからない。髪には白いものが混じって、目の下や額には深い皺が刻み込まれ濃い影が落ち、唇は乾いて縮みあがっている。瞳の光はだいぶ柔らかい。十は思い切って、

「死んだんですか」と尋ねてみた。すると父はずいぶん淡白に、

「うん、死んだ」と言った。悲しんだり怖がったり慌てたりする様子は全くない。普段以上に平然としている。だから十もごく簡単に、

「死んだんですね」と繰り返した。自分でも気が利かないとは思ったけれども、あとに続けるべきことも特に見当たらない。

「お前が家を出てから一五分くらいしたころかな」

「やはり卒中ですか」

「うん」

「今から帰ってももう遅いでしょうか？」

「もう駄目だよ。お前は相変わらず間の悪い奴だ。いつだって肝心なときには間に合わない。それより早くその背広を着てみなさい」

十は言われるがまま服を脱ぎ始めたが、父が凝視する前で着替えるのは恥ずかしい。父は見透かしたように、

「照れてないで早く脱ぎなさい」と言った。ことばだけ聞いていると何だか変態のようである。十が急いで着替えると、父は何度か深く頷いて、

「うん、なかなか似合ってる」と朗らかな笑顔になった。思えばずいぶん長くこの笑顔を見なかった気がする。「俺も母さんの両親に挨拶に行くときは背広で行ったもんだ。向こうには電車で半日かかるんだが、席が空いても座れない。座ると皺がつくからね。昔の背広はとにかく皺がつきやすいんだ。だから電車はがらがらなのにずっと窓際で景色を見るはめになった」

父からこういう話題が出るのは珍しい。十が黙って聞いていると、父は急に、

「お前は好きな人でもないのか?」と尋ねてきた。

十が返事を考えていると、背後のカーテンに影が映った。「お客様サイズはいかがでしょうか?」

さっきの女の声である。会話が聞こえて不審に思ったのかもしれない。十はとっさに、「少し小さいかもしれません。もうワンサイズ上を持ってきてください」と言った。振り返って鏡を見ると父の姿は消えていた。まだそのへんにいるかもしれないので、おいだとかねえだとか話しかけていると、

「なんでしょう」と女がカーテンから顔を出した。いや何でもないんだと言うと、女は別段不満らしい様子も見せずまた売り場に戻った。それでも父は出てこない。

新たに女が持ってきた背広はぶかぶかだった。女は十の隣で一緒に鏡を覗き込んで、

「ちょっと大きいかもしれませんね」と首をひねっている。

「そうですな」

「サイズが合ってないとそれだけで野暮になりますからね。だから本当は一から仕立ててもらうのがいいんですが」と、女はまだそんなことを言っている。十はまた、

「そうですな」とだけ言って頷いた。女は十がこの期に及んで腹が括れてないと感じたようである。また、

「結婚式は大一番ですからね」を繰り返した。用途が変更になったかもしれないとはいくら十でも言い出せない。

結局十はさっきのサイズの背広を購入した。


父は帰りの車でもバックミラーに現れた。振り返ってみるとやはり姿はない。

「俺はお前ぐらいの頃に一人の女を好きになってね」と父はいきなり話の続きを始める。

「相手は母さんじゃない。そのころ母さんはまだ産まれたばっかりだからね。とにかく俺はその女が好きで、向こうも俺のことが好きだった。だけどいろんなことがあって二人の道は左右に別れた。その頃は俺も若くてばかだったから一緒に死のうと考えたことも何度もある。でも結局は死ななかった。女は別の男と結婚して、俺が母さんと結婚した翌年に病気で死んだ。白状するとここに来る前俺はその女とちょっと会ってきたんだ。最後に会ったのはシベリア出兵が始まった翌年だったから、半世紀ぶりぐらいか」

「よくその女だとわかりましたね」

「まるで変わってないんだからわかるさ。だだっ広い野原のようなところでね。どこまでも濃い緑の草地が続いていて、いちめんに太陽の柔らかな日射しが降り注いでる。むろん我々の他には誰もいない。風がしきりに吹くんだが、それがとにかく心地いい。俺が、こんなところで何してたんですか、と聞くと、相手はただにこにこ笑って答えない。どうも俺のことを待っていた気がする。すると女は今度は声をあげて笑った。俺の考えていたことがわかるらしい――というのは俺も向こうが考えていることがわかったから言えるんだ。だからそれからは一言も喋ってない。二人とも黙って視線を交わしたり、笑い合ったりしてた。やがて女は歩き出して、俺もあとをついていった。どこまで行っても周りの景色は変わらない。これじゃ年もとらないはずだと思うと、女はまた俺の心を読んで笑った。前を向いてるんだけど背中が笑っているのがわかるんだ。我々はどのくらい歩き続けたかわからない。俺がそろそろ帰らなきゃとわざわざ声に出して言うと、向こうはちょっと驚いた。でもすぐにまた俺の心を読んで、あのときお互い早まらなくてよかったですね、と向こうも声に出して言った」

誠太郎はそこでことばを切ったので、「それでどうなったんです?」と、十は促した。

「それで気がついたらお前のところに来てたんだ」

「歩き疲れたんですかね?」

「そうかもしれない。しかしこっちは寒いな」

確かに窓の外では雪がひっそりと降り出している。昼だというのに分厚い雲のせいであたりはずいぶん薄暗い。車が止まると雪が屋根を叩くくぐもった軽い音がする。

「母さんにはもう挨拶したんですか?」

「いやしてない」

十は本当は誠太郎が自分に何かを話しに来たことを察している。しかし下手に水を向ければ父は秘密を永久のほとりに投げ捨てて消えてしまうだろうこともわかっている。幸い父は十の逡巡を読み取ったようで、

「前に一度父親の話をしたことを覚えてるか」と、話を切り出した。もう一人の父のことであるのは付け足されずともわかっている。十は頷いた。

「実は一度そいつがお前を迎えに来たことがあるんだ」

「物心つく前ですか?」

「いやたぶん九歳ぐらいだった。お前は寝てた……知らないんだ。どうも昔か……んだな」

誠太郎の声が急にこもりだして、うまく聞き取れない。信号で車が止まった。「昔から、何です?」

「実を言う……だのか……りしない。……し生き……いず……えに来るだろう」

十はもどかしくなって振り返ったが、後部座席は空のままである。父は一度目の発作を起こしてからはだいたいこんな喋り方になっている。考えてみると、今まではっきり聞こえていた方が不思議である。耳を澄ませていると雪の音さえ煩《わずら》わしい。信号が変わって十は再

び前を向いて柔らかくアクセルを踏んだ。

「お父さん、さっきまでみたいに」

「だ……前は好き……いさ」父は十のことばが聞こえてないのか聞いていないのか、遮るようにして続けた。「……ちいち指図される年頃……まい。ただ……あさんはあい……ちゃだめだ。お前が守……ゃいけない」

父は鏡越しに十と目が合うと、ことばが怪しくなってきたのをようやく察したらしい。照れ隠しのようにあくびのふりをして、しぼんだように背を丸めた。それから急に明瞭な声になって、

「流石にちょっと疲れたな」と独り言のようにつぶやき、目を閉じて腕を組みシートに深く身を沈めた。十が父とこんなに喋ったのはいつ以来だったか思い出していると、父は再び目を開け、いっぱいに口を開いて今度は本物のあくびをした。すると父は自分のあくびに吸い込まれるように消えてしまった。もう何と呼びかけてもバックミラーには何も映らない。

家に帰ると誠太郎は息を引き取っていた。十が父と会ったことを話すと、母は別段驚いた様子もなく、

「そうじゃないかと思ったよ」と言った。「だってせっかく固めた髪の毛がぐしゃぐしゃになってるんだもの」

鏡を見てみると母の言うとおりである。父に頭を撫でられたのはいつ以来だかわからない。ただこれより先もうないことだけは確かである。

6

十が父の死で改めて知ったことは意外に多い。第一の発見は誠太郎自身のことである。寝たきりになってからだいぶ痩せたのは知っていたが、柩に収まってみると思っていたよりまだ細い。それから胸の上で組んだ手も驚くほど小さい。試みに握ってみると、誠太郎の手はこちらの手の中にすっぽりおさまった。皮膚は冷たくって脂っけがなくて皺でゆるんでぶよぶよしている。父の手と言えど触っていてあまりいい気はしない。しかし母はこの手を出棺の直前までずいぶん大事そうにさすっていた。

第二の発見はこの母のことである。父が死ぬまで、十はこの夫婦の仲は何となく冷却したものと思い込んでいた。会話が少ない上に、内容もどこかよそよそしい。小さい頃は自分の前だからかとも思っていたが、下女に聞いたところ十がいないところではそもそも会話自体ほとんど生まれないそうである。けれども背広を買いに行ったときの父の話や葬儀の母の様子からするにこれは早合点のように思え出してきた。母は通夜のときもそうだったが、特別悲しそうにしているわけでもないのに、やっぱり何だか悲しそうである。十が勝手にそう見てるだけかもしれないが、少なくとも柩の中の誠太郎への眼差しは十のものとはまるで違う。どこがどう違うのかは十にもよくわからない。

第三の発見は十には少し後ろめたい。葬儀ではみな礼服を纏っているせいか見分けがつきにくい。弔問客への挨拶は喪主である芽衣子が行うので十がいちいち認識しなくてもかまわないのだが、焼香のときなど黒が列になって行き来しているのを見ているとそわそわしていけない。海苔の佃煮のようにべったりと重なり合って、糸さえ引き出しそうな心持ちがする。だからこそその中でくっきりと黒の輪郭を保っている女を見たとき十はたいへん驚いた。嬉しがったと言ってもいいかもしれない。十はこの黒について、匂うような、濡れたような、磨き上げられたような、めまいがするような……とかいろいろな形容を考えてみたがどれもちょっと違っている。この黒は万事に対して否をつきつけながら、ただ女にだけは服従している。命名権はかの女によって誰の手からも奪われている。十はここまで考えたとき、女の隣に岩佐が立っていることに気がついた——つまりこの女は岩佐夫人である。夫人は十の視線に気づくと、厳粛な表情のまま、隣の岩佐にも気づかれないくらい小さく頭を下げた。しかし俯いた一瞬だけは、十には確かに彼女があの懐かしい笑みを浮かべてるように見えた。

○

葬儀から一月ほど経つと岩佐から連絡があって、十は久しぶりに彼らの新居で夕食をともにした。出てくる皿はどれも美味いが、これは一つには採れたての野菜を使っているからである。また一つには夫人の腕前のおかげである。そして最大の要因は今こうして我ら三人がまた集まって同じテーブルを囲んでいるという事実そのものである――岩佐は十がまだ食事に手をつける前から夫人の料理が素晴らしい理由を講じてしまった。夫人が先に褒めないでと言っても聞く耳をもたない。しかしいざ食べてみると確かに夫人の料理は相変わらず美味い。十が褒めると夫人もほっとしたらしく、白い歯を見せて笑っている。十はこういう笑顔を見るともしまずくたって言い出せない気がする。

けれども食事が始まってもなかなか三人の硬い舌がほぐれてこない。最後に会ったのが葬儀というのが尾を引いてるように思える。十はこういうとき決して音頭取りはできないたちである。無理に前面に出ると軽薄になるし下手をすると夫人の目の前で自分を愚弄することになる。その代わりいくら場が停滞しても気まずくはならない。だから相手も気が楽である。最初に調子をあげたのはやはり岩佐である。テーブルの上にビールの空き缶が並ぶにしたがって口数が増えてきた。

岩佐は今でも実家の畑の手伝いをしているが、近頃畑の一部を売ってコインランドリーをたてたのだという。できたばかりのころふと店の前を通りかかると店内が満員になっている。思いがけない繁盛ぶりに嬉しくなって岩佐が挨拶に中に入ると、稼働しているのは一台だけである。まだこのあたりでは全自動洗濯機を持っている家はほとんどないから、誰かがランドリーで洗濯すると言い出すとみな集まってきたらしい。最初のころは子供たちのいたずらもあった。犬を洗ってみて大丈夫だとわかると、自分でも洗われるものが出てくる。それから洗濯物に砂が混じると苦情もきた。近所の少年野球の連中が泥を落とさずに入れるのが原因だった。いたずらも少年野球も、いくら貼り紙で注意しても効き目がない。仕方がないから今では学校が終わる三時くらいからは夫人が店番に入って、日が暮れると店を閉めるようにしている。ところが営業時間を短くしたにもかかわらず売上は上がっている。むろん岩佐は夫人目当ての客が増えたからだと言っている。これ以上若い男が来ると心配だから営業時間をもっと短くしようかとも考えているそうである。本気で言ってるのかもしれない。夫人は自分の話になっても下手に謙遜したりせず黙って微笑んでいる。岩佐は夫人を心ゆくまでほめて満足したのか、

「お前はまだ結婚しないのか?」とようやく客人にも参加を促してきた。

「したい人がいればするさ」

「なんだ。乙女のようなことを言うんだな。仮にも米岡一の地主なんだからお前と結婚したがってる女はごまんといるはずだぜ」

「そんなものかな」

「そら出た、またそれだ」

「このつみれ鍋は大根によく味がしみてますね」

「さてはまた好いた女でもできたんだろう」

「うん、この牛ごぼうも味がしみている」

夫人は声を出して笑った。十もとぼけた顔をやめて笑い出したが、岩佐はまだ乗ってこない。十はビールを一口含んだ。

「お前も一度くらい額に汗して働かなくちゃ嘘だぜ」

「そうかもしれないな」

「この寒い日に畑に出る人間の気持ちになってみろ。今朝だって手がかじかんでちぎれそうになったぜ」

「おかげでこのサラダもうまい。かぶも水菜も人参もみな新鮮だ」

「蒸し鶏はどうです?」と夫人がすまし顔でさらに聞いた。

「蒸し鶏もうまいです。これも畑で？」

夫人はまた笑みを浮かべてただ「ええ」と言った。十はまたビールに口をつけたが空になっている。夫人が新しい缶を取りに席を立つと、岩佐はためいきをついて、

「まあ説教はいい」と言った。「お母さんは元気にしてるか？」

「うん」

「こないだ久しぶりに来栖くんのお母さんを見たけど相変わらず綺麗ねえ」夫人が四本ビールを持って戻ってきた。

「今何歳だっけ？」岩佐はまだ前のビールをちびちび飲んでいる。最初に飛ばしていたせいかだいぶペースが落ちて、代わりに煙草が増えている。

「本人は一七歳だと言ってる」十は新しい缶を開けて口をつけた。外に出していたせいでだいぶぬるくなっている。

「皺も全然ないもんな」

「体中の皺を足の裏でまとめてるんだ」

とうとう岩佐も吹き出した。十は話しやすくなって、

「でもちょっと寂しそうだ」とようやくふざけるのをやめた。

「そりゃそうだろう」

「確かに二人じゃあの家は大きすぎるわね」

「じゃあますますお前が結婚しなきゃいけない」

「なんだ話が戻ってきたな。森原を逃したのは痛かったかな？」

せっかく身銭を切ったのに二人の反応はない。十はへんに気を遣われても困るので、

「そういえば高畑の結婚式じゃ森原とは会ったか？」ともうひと押しした。しかし夫人はまだ黙っている。

「お前も聞かされてないんだな」岩佐は煙草の煙をゆっくり吐いた。もう酔いの気配はほとんどない。

「何を？」

岩佐は僅かな眉間をまっすぐ結んでいたが、観念したように言った。「森原は死んだよ」

森原は去年の一一月に「行動的平和主義者連盟」の同胞たちによって殺された。原因は森原が女性幹部の夫と不倫したことらしい。森原はその女性幹部の指導のもと人民裁判にかけられ、両手両足を椅子に縛り付けられたままリンチを受けて死んだ。森原の両親は葬儀を内々で済ませたので、同じ中高の人間もほとんどこの事件を知らない。

この話が出たあとはあまり会話も弾まず、夫人が追加で持ってきたビールが全部空いたところで、お開きになった。最後に岩佐が煙草で一杯になった灰皿に残ったビールをかけると、

微かに火が消える音がして青い煙があがった。

帰りは岩佐が車で送ると言いだした。結構飲んでいたから十も夫人も止めたが聞く耳をもたない。観念して乗り込んでみると、思いの外運転は安定している。カー・ステレオからはミーナの「束の間に燃えつきて」が繰り返し流れてくる。前岩佐の車に乗った時もずっとこの曲が流れていたから十もよく覚えている。夫人によると近頃岩佐は家でもこの曲ばかり聞いているらしい。いい歌だとは思うが、同じ曲を何度も聞かされるのはたまらない。岩佐の煙草で車内は煙が充満し暗闇にむらができている。後部座席で窓の外を見ながら、しだいに十はうとうとしてきた。岩佐はさっきからしきりに草野球チームに入るようすすめてくる。熱っぽい語調に昔の気分に復そうとする努力が見えてかわいらしい。十はからかいたくなって、

「それよか未来のプロ野球選手はいつできるんだ」と話を変えた。すると岩佐は少し考え込んでから、

「子どもはできないかもな」と言った。

「どうして?」

岩佐はすぐに答えない。十の位置からだとミラーでも岩佐の顔は見えない。

「こらしめを受けてるんだ」

「どういう意味だ？」十はもう目が覚めてしまっている。

「さっきはあいつの手前黙ってたが、森原の殺され方はずいぶんひどかったらしい」

死体は舌を真っ二つにされていた。二枚舌を使ったことへの懲罰だということで同胞の一人がハサミで裂いたのである。また死体は腹も裂かれていた。これはお腹に宿った子が不義の子であるとされたためである。取り出された子もハサミで喉を突かれていた。

「でもその子は本当は俺の子だったかもしれないんだ」

以前岩佐は森原と十のあいだをとりもとうとして断られたことがある。けれども岩佐は諦めず、去年の春高校の友人の結婚式で東京に行ったとき森原に会って説得を試みていた。十からすると大きなお世話だが、本人は十のためを思ってやったという。十と森原がやり直してくれれば昔のようにまた四人で楽しくやれると本気で考えていたのである。岩佐は酒を酌み交わしながら熱心に働きかけた。ところがあまり熱を帯びたのでとうとう森原が泣き出した。森原は一度泣き出したらなかなか泣き止まないので岩佐は必死に慰めた。

「それで気づけば森原と寝ていたんだからいけない」と岩佐は言った。どこか遠くから評しているような気配がある。しかも岩佐はすぐに続けて「だけどいつの間にか情熱が情欲にすり替わっていたのだから、人間の欲望というのは恐ろしいものだ」と一般化してしまった。十は呆れた。しかしなぜだかちょっとほっとしている。カー・ステレオからは相変わらずミーナが力強い喉でサビを繰り返してる。

「だけど一回なら確率はだいぶ低いだろう」

「それはそうだ。でも近頃よく悪い夢を見るんだ」

「どんな?」

「どんなって……ついたぞ」

暗くて気付かなかったがもう家の前の道路に来ていた。別れ際岩佐は十に怒ってないか聞いてきた。十はまるで怒ってないと答えた。実際怒る気にもなれない。すると岩佐は顔をほころばせて、今度は草野球を一緒にやろうと言って去っていった。その夜十は久しぶりに四人が海で遊んでいる夢を見た。朝起きると着替えもせずに寝たせいか、部屋中が煙草臭くなっていた。

十は春から岩佐の所属する草野球チームに参加している。

○

五月初めのある日、リーグ戦が六回から降りだした大雨でコールド勝ちになった。十は晩を岩佐のところで食べる約束をしていたから、シャワーを浴びてコインランドリーへ向かった。岩佐は嵐になってきたので田んぼの様子を見てくるという。十がコインランドリーへ行く途中に見かけた用水路は、茶色い濁流になっていてもう少しで道路に溢れ出しそうだった。十が置いてあった漫画雑誌を読みながら洗濯が乾くのを待っていると、夫人が店番にやってきた。

「もう終わったの。ご飯もまだなんだからもうちょっと遊んでくればよかったのに」

十が試合は雨でコールドになったと言うと、

「なんだ雨ぐらい」とあたかも男たちが甘えたように言う。「ここにいるんだったら店番まかせてもいい?」

「別に構わないけど」

「助かるわ」

そう言いながら夫人は立ち去る気配はない。十と並んでソファーに腰掛け、じっと洗濯機を見つめている。雨のせいか瞼《まぶた》が気怠そうにずりさがっている。本来なら十はこういうときいくらでも黙っていられるが、洗濯機のごうんごうんという音が嫌に耳について二人の無言に下線を引かれたような心持ちがする。

「試合は勝ったよ」と十が言うと、

「そう」とだけ言って、関心のなさを隠そうともしない。何かを考えているらしい。十が気

になることでもあるのかと聞くと、

「台所の蛇口が壊れちゃったの」と答えた。

以前から蛇口のしまりが悪くなっていたので、数日前夫人は水道会社の人間を呼んだ。ところが見積もりを聞くと岩佐はそれなら自分で直してみせると言う。けれども何かと理由をつけては修理を後回しにする。とうとう今朝になって水が止まらなくなった。岩佐は蛇口を放ったらかしたまま試合に行って、自分も腹が立ってそのままにしてるので水はこうしているあいだにも垂れ流しになっている。

「おまけに試合が終わったらあの人は田んぼにいっちゃうし」

十は一緒に試合をしていた自分まで責められているような気がする。しかし機嫌を伺ったりはしたくない。へりくだれば、自分から共犯を申告するようなものだと思う。二人はまた黙り込んでしまったが、幸い、

「今日はどのくらい打ったの?」と、向こうから和平を申し入れてきた。十はこれをあえて岩佐のことととって、

「うん、君の旦那は三安打五打点の大活躍だったよ」と言った。実を言えば今日十は一本も安打を打ってない。

「最近よく素振りしてるもの」と、夫人は言った。誇らしい様子はまるでないように見える。

「また入団テストでも受けるつもりなのかな」と十が少し意地悪を言うと、夫人はすぐには返してこない。真面目な顔をして考え込んでいる。

「このごろ森原さんがよく出てくるらしいの」

今度は十が考え込んだ。「それは夢でってこと？」

「夢の中でもそうだし、覚めても目の前に立ったままどいてくれないんだって」

それで岩佐は仕方なく素振りをすることになる。だいたい三〇分ほど無心にやれば消えてしまうんだそうだ。夫人は岩佐が東京へ行ったとき森原とまちがいを犯したことも知っていた。しかしそのことを別に怒ってはないらしい。夫人は、

「だって相手ももう死んじゃってるしね」と言って懐かしい笑みを浮かべた。十は今ならばこの女に打ち明けるべき話をいくつか持っているような気がした。外の雨はますます激しくなって、ときどき雷鳴も響いている。突然店内の電気が落ちて、洗濯機が止まった。停電はすぐには復旧せず、夫人は営業中止の看板を出して入口以外のシャッターをおろした。しかしまだしばらくは雨宿りをしていくという。嵐は一向止みそうにない。店内の奥は隣り合っていても互いの顔がよく見えないほど暗い。二人はまた黙り込んだ。十からすると会話が詰まったのか互いの結束の成果なのかはっきりしない。いい方にとればこの沈黙は千語の交換をしのぐほど貴い沈黙である。十はおもむろに自分の手を夫人の手に重ねた。夫人の手は一

瞬こわばったが引っ込められる気配はない。しかし握り返してもこない。二つの手のあいだには微かに空気の層がある。十はこれ以上進んでいいのかどうか不安になって、夫人に今何を考えているのか聞いてみた。すると夫人は冷蔵庫のアイスが溶けないかどうか心配しているという。表情が見えないからどこまで本気なのかわからない。声はあくまで平常の調子を保っている。十は思い切って唇を重ねてみると、これも夫人は拒まない。そのまま押し倒そうとすると、夫人も十にさっきの質問を返してきた。なぜだか真っ先に思い浮かんだのは森原のことである。むろん正直には言えない。十はとっさに、水のことを考えていると嘘をついた。今こうしているあいだにも蛇口からは水が漏れ続けている。闇の中で女は再び笑みを浮かべている気がする。十は夫人をソファーに押し倒した。

○

翌朝になると晩の嵐が嘘のように空は晴れ渡った。県内だけで、一八名がけが、三名が行方不明、一名が死亡したと報じられている。死んだのは六二歳の男性で飛んできた看板が頭部を直撃、行方不明の三人はみな十代後半の男性で昨日の晩海岸に出かけて高波にさらわれた。隣町では河川が氾濫し一部地域では浸水の被害が出ていたし、小学校の裏手の山でも土砂崩れがあった。用水路近くの道路では冠水で打ち上げられた魚たちが車に轢かれ生臭い匂いを放っていた。岩佐家でも庭に植えられたびわや金柑の枝が折れ、葉や実もだいぶ飛ばされている。朝まで停電が続いたせいで、冷凍庫のアイスは全てどろどろに溶けてしまっていた。夫人が呼んだ水道会社が修理に来たのはその二日後のことである。

○

夫人は妊娠がわかってからも、臨月までは毎日のようにコインランドリーの店番に出かけた。十も定期的に岩佐家に呼ばれては夕食をともにしている。草野球チームも成績は順調で九月の時点で六試合を残してリーグ優勝を決めた。三、四番を打つ岩佐と十はどこのチームからも恐れられ、米岡の最強クリーンナップとしてそれなりに名を轟かせている。翌年の三月に夫人は第一子を出産し、予後の経過が母子ともに順調だったこともあって、三日後には無事退院することができた。半年も経つと夫人は赤ん坊と一緒に店番をするようになった。十も用もないのにしょっちゅう訪れては子どもをあやしている。夫人によると岩佐はこの時期の教育が大事だと意気込んで、もう白球を触らせているんだという。十に会うたびあの子はいずれ凄い選手になると繰り返している。幸い岩佐はこの長男が自分の息子だと信じて疑わない。

夫人はこの長男を産んでから一年後の九月に死んだ。よく晴れた日曜日のこと、リビングのソファーで昼寝をしていた彼女に、岩佐が金属バットを振り下ろした。

「死んだはずの女が寝ていると思ったら、よく見れば今の妻であった」

岩佐は警察の取り調べではそう証言したが、鑑識は被害者が頭部に数十回に及ぶ殴打を受けていたと結論づけた。裁判の結果、彼には懲役一二年が言い渡された。十は逮捕後一度も岩佐と面会していない。だからこの息子がどこに引き取られたのかも、十は未だに知らないままである。

7

十が屋敷で一人で過ごすようになったのは、母が死んだ年の冬が初めてである。一二月に入ってからはお手伝いさんの栄子にも休みをやっていたので、十は毎日午後のシュガーの散歩も暖炉の火熾《ひおこ》しも自分でやらねばならなかった。十は犬の散歩も暖炉の火熾しも嫌いではない。しかし外から帰ったばかりの冷えた手先で薪と小枝を組み合わせるのはなかなか骨が折れる。積み上げた薪の底に丸めた新聞紙を押し込むと、少しずつかたちを整える。焦って適当な配置のまま火をつけると、炎は薪には移らずに消えてしまう。窓の外はもう陽が弱まってきている。部屋の中にいても寒さは背中にぴったりと貼り付いてくる。十は薪の調整に十分時間をかけてから、ようやく火をつけた。けれどもまだ終わりではない。油断していると火はすぐに消えてしまう。十は火を睨みつけたまま徐々に大きな薪をくべていく。

暖炉の火が落ち着いてくると、慣れないことをしたせいかどっと疲れが出た。肘掛け椅子に腰掛けると数分もしないで眠りに落ち、玄関のベルが鳴って目が覚めたころには一時間近くが過ぎていた。窓の外は陽が暮れかかっている。今日は本来なら誰も訪ねてくる予定はない。しかしシュガーが高めの調子で短く二回鳴いたのからして知り合いらしい。応対に出てみると案の定吉川であった。娘が孫と一緒に林檎飴を大量につくったので、近所に配っているところなのだという。

彼は居間に招かれると、灰色の毛糸帽子を脱いで林檎飴が入った茶色い紙袋と一緒に机に置き、

「熊が出たんです」と、すぐに用件を切り出した。「また明日ぐらいどうです久しぶりに？」

熊は今月に入ってから里に降りてきた姿が何度も目撃されている。民家の生ゴミをあさり、畑を荒らし、今朝はとうとう近隣の鶏舎から鶏を盗んだ。

十は数年前からよくこの吉川と一緒に猟に行くようになった。吉川はかつて来栖家の小作人であったが、十に対してはまるで遠慮がない。猟に行くとたいてい二、三回はぴしゃりと叱りつけてくる。十としてはそこが気楽で、真率な気がする。最近ではシュガーもよく連れて行くがこの犬は獲物を掴むとなかなか放してくれない。一度森の中で山鳥を咥えたまま失踪して、不意に十たちの前に帰ってきてうっかり撃ちそうになったこともある。

吉川は十が乗り気でないのを悟ったらしく、

「今日栄子ちゃんは?」と、話を変えた。

「お兄さんが車の事故で入院したらしくて、今は大分に帰ってる」

「そりゃいけないな。あの子はまだ相手もいないんですか?」

「いないない。あれで本人も全然気にしてないんだ」

「そりゃあもったいない。先生がもらってあげたらどうです?」

吉川は昔は十のことを坊ちゃんと呼んでいたが、数年前に十がもう流石に坊ちゃんはないだろうと言うと、この呼び方に変えてきた。十は初めこそ抵抗があったが、今ではすっかり慣れてしまっている。

「ばかいっちゃいけない。栄子はあれでけっこう手癖の悪いところがあるんだよ」

「何か盗るんですか」

「いやあ、つまみぐいやらその程度さ」

「先生はまだ結婚しないんですか？」

「したい人がいればするさ。母ももう死んじまったし、無理に急ぐこともあるまい」

「私なんか未だに奥さんが亡くなったのは信じられませんね。あんなに元気だったのに。この家も急にがらんとしちまった」

「家が大きいのも考えものだよ。部屋が余ってても掃除はしなきゃいけない」

「先生も一人じゃ寂しくっていけないでしょう。やっぱり奥さんをもらわなけりゃ」と、吉川はまた話を結婚に戻してしまった。実際十も近頃は家に対して人間が不足してる気はしている。母が死んでからは書斎に出入りする人間もいないので、二階もほとんど使われてない。


芽衣子は今年の夏にすい臓がんの診断を受けてから二ヶ月足らずで急逝した。死の数日前からは夜中にうなされるようにもなっていた。誰かに高いところから瓶で冷たい水をとくとく額に注がれる夢を見るのだという。いつまで経っても瓶の中身は減ってくれない。目を覚ますと、さっきまで誰かが枕元に立っていたような気配がする。

「あの瓶の中身が空になったとき、私は死ぬんだ」

母はそう言った二日後の夜に死んだ。数えてみると、誠太郎が死んだときより二〇歳以上若い。苦痛から解放された母は寝息さえ聞こえそうなほど安らかな顔をしていた。

吉川は三〇分ほどして帰った。置いていった紙袋から林檎飴を取り出してみると、暖炉に近かかったせいか水飴が溶け出し、透明な糸を引いている。それからまたしばらく十はぼんやりと暖炉の火を眺めていた。外はだいぶ薄暗い。いつの間にか粉雪も舞い始めている。十が薪を足そうと揺り椅子から立ち上がると再び玄関のベルが鳴った。誰かと思えばまた吉川である。

「何度もすみません」と吉川ははにかんで言った。帽子を机の上に忘れてしまったらしい。十が毛糸帽子をとって戻ってくると玄関に吉川の姿がない。外に出ると庭でシュガーとじゃれあっている。シュガーは吉川にすっかり懐いていて、地面に横になり前脚を折って白い腹を見せている。吉川は十に気がつくと、

「ああ助かります」と言って悪びれもなく帽子を受け取った。シュガーも後をついて立ち上がり吉川の腰に前脚をかけている。

「犬も借りてくか?」

「いやまた邪魔されちゃかないません。それよか熊がとれたらこっちにも肉を持ってきますよ」

「一人で熊なんか食ったらまた栄子に恨まれるな」

「好きなんですか」

「うん、『くまのプーさん』がね。テレビでやると仕事そっちのけで見てる」

「じゃあ栄子と結婚したら熊肉も食べれなくなるわけだ。困ったもんですね」

十は「そうさ、困ったもんだよ」とだけ答えて笑った。

十は吉川を見送ると、テレビをつけた。天気予報によると今日の深夜には米岡は大雪になるらしい。十はふと思い立って、テレビをつけっ放しにしたまま二階へあがった。書斎に入ると、窓から差し込んでくる光を伝って埃が斜めに浮かび上がっている。本棚から一冊を抜き出してめくってみると、紙は黄ばんで至るところに茶色い染みが浮かんでいる。中を読む気にはならない。しかし古い印刷の匂いが妙に鼻をついてくる。十はかつて上田さんと一緒によく本を読んだ。夕暮れの畦道を読んだ本の話をして歩いた。記憶の麦畑はどこまでも黄金色に輝いている。

窓の外は真っ暗で雪が宇宙からとめどなく舞い降りてくる。二階から見ていると家が宙に浮かんでしまったような気がする。実際家ごとどこかに飛び立ってしまえばいいと十は思った。雪は夜の果てまで続いていて、母のいるところにも降り注いでいるに違いない。

気がつくと天井に光の縞が柔らかに揺れていた。机の上の水槽が窓からの光を反射しているのかと思ったが、中には水が入っていない。ガラスは埃で曇りきっている。十が不思議に思っていると、庭でけたたましくシュガーが鳴き始め、また玄関のベルが鳴った。

初出
改元　「群像」二〇二三年三月号（講談社）
死者たち　「文藝」二〇一七年秋号（河出書房新社）

畠山丑雄（はたけやま・うしお）
一九九二年生まれ。大阪府出身。京都大学文学部卒。二〇一五年『地の底の記憶』で第五十二回文藝賞を受賞。

改《かい》元《げん》

二〇二四年九月二日初版発行

著者　畠山丑雄
装丁　川名潤
発行人　石原将希
発行所　合同会社石原書房
〒一八一―〇〇〇五
東京都三鷹市中原一―二六―二六
電話　〇五〇―三五九三―八七六一
Mail　info@ishiharashobo.jp
印刷・製本　創栄図書印刷株式会社

ISBN 978-4-911125-02-1